АЗБУКА
БЕСТСЕЛЛЕР

Хиро
Арикава

ХРОНИКИ СТРАНСТВУЮЩЕГО КОТА

Санкт-Петербург

УДК 821.521
ББК 84(5Япо)-44
А 81

Hiro Arikawa
TABINEKO RIPÔTO
Copyright © 2015 Hiro Arikawa
Internal illustrations © Yoco Nagamiya / Dutch Uncle
Publication rights for this Russian edition arranged
through Kodansha Ltd., Tokyo
All rights reserved

Перевод с японского Галины Дуткиной

Серийное оформление Вадима Пожидаева

Оформление обложки Виктории Манацковой

ISBN 978-5-389-16127-6

© Г. Б. Дуткина, перевод, 2019
© Издание на русском языке, оформление.
ООО «Издательская Группа „Азбука-Аттикус"», 2019
Издательство АЗБУКА®

ПРОЛОГ

НАША ЖИЗНЬ ДО ПЕРВОГО СТРАНСТВИЯ

Позвольте представиться: я — кот, просто кот, у меня еще нет имени. Эта фраза принадлежит некоему прославленному коту, он вроде тоже живет в Японии[1]. Не могу сказать, насколько он знаменит, но по части имени я, пожалуй, дам ему фору. У меня-то имечко уже есть.

Другое дело, нравится мне оно или нет... Ну, хотя бы уже потому, что оно совсем не подходит такому отчаянному храбрецу, как я. Мне его дали лет пять назад, я тогда как раз превратился из котенка в кота и достиг совершеннолетия.

Есть разные точки зрения, как считать возраст у кошек, но все, в общем, сходятся на двадцати.

В тот период я облюбовал себе один серебристый фургончик, который хозяин оставлял на парковке у многоквартирного дома, и постоянно дрых на его капоте. Почему именно там? Да потому, что никто не гонял меня и не орал «Брысь, брысь отсюда!». Люди слишком мно-

---

[1] Цитата из знаменитого сатирического романа японского писателя Нацумэ Сосэки (1867–1916) «Ваш покорный слуга кот» (1905). *(Здесь и далее — примеч. перев.).*

го мнят о себе, хотя, в сущности, это большие обезьяны, которые научились ходить на двух конечностях. Они запросто могут оставить машину под дождем или снегом, но стоит им увидеть на ней следы кошачьих лап... о-о, тут такой поднимается крик!.. Хотя коты имеют полное право гулять там, где им вздумается, — это закон Высшей справедливости. Но если наследить на капоте, эти двуногие придут в ярость и обязательно сгонят тебя оттуда.

Как бы то ни было, мне весьма полюбился этот серебристый фургон. Даже зимой солнце нагревало его и на нем было так приятно вздремнуть, особенно днем.

Наконец наступила весна, а значит, я благополучно пережил год. Родиться весной — большая удача для котов. Наше любимое время года — весна и осень, но родившиеся осенью котята редко переживают зиму.

И вот однажды, когда я дремал на капоте, свернувшись клубочком, я вдруг почувствовал на себе чей-то прямо-таки обжигающий взгляд. Приоткрыв глаза, я увидел прямо перед собой молодого долговязого парня. Он, как зачарованный, смотрел на меня, немного прищурившись.

— Ты всегда тут спишь? — спросил он.

Ну, положим. А в чем, собственно, дело?

— А ты красавец...

Да. Мне часто это говорят.

— Можно тебя погладить?

Нет уж, увольте, спасибо!

Я угрожающе поднял переднюю лапу и зашипел.

ПРОЛОГ

Парень разочарованно скривил губы.

Интересно, а тебе самому-то понравилось бы, разбуди тебя кто да вдобавок облапай с головы до хвоста?

— Значит, просто так тебя гладить нельзя...

Догадливый, быстро соображаешь! А то пришел, разбудил — и ничего взамен? Нет, так не пойдет.

Услышав шорох, я живо приподнял голову — парень рылся в пакете, явно купленном в местном комбини[1].

— Вообще-то, эта еда не очень годится для кошек...

Да мне все сгодится! Бродячим котам не пристало воротить морду от угощения. Вон тот вяленый гребешок, ммм... выглядит очень недурно.

Я принюхался к упаковке, торчавшей из пакета. Но парень легонько щелкнул меня по лбу. Мол, не спеши, приятель.

— Это вредно для котов. Слишком остро.

Вредно, говоришь? Да уличному коту, который не знает, что будет с ним завтра, начхать на здоровье! Куда важней набить брюхо прямо сейчас.

Парень извлек из сэндвича котлету, соскреб с нее соус и протянул ее на ладони.

Что же, прикажешь жрать прямо с руки?! Решил, меня можно так легко приманить? Но с другой стороны... не настолько уж часто ко-

---

[1] *Комбини* — в Японии: небольшой круглосуточный магазин в шаговой доступности.

там перепадает настоящее мяско... ах, какое аппетитное! Ладно, согласен, пусть будет с руки.

Пока я с жадностью заглатывал котлету, парень осторожно чесал меня за ухом. Он делал это очень нежно. Вообще, я всегда позволяю гладить себя тому, кто меня кормит, но... этот парень — он был явно мастак в этом деле.

Если ты дашь мне еще кусочек, то можешь пощекотать меня под подбородком, так уж и быть.

Я потерся мордой о его руку.

— На, держи!

Парень с улыбкой вытащил из сэндвича вторую котлету и, очистив от соуса, протянул мне.

Ну зачем ты его счищаешь? Я вовсе не против соуса. С соусом оно даже сытнее.

Я позволил себя погладить в благодарность за угощение... но нужно и совесть знать! Я было собрался угрожающе поднять лапу, как парень сам убрал руку и пошел прочь, бросив мне на прощание:

— Еще увидимся!

Я наблюдал за ним, пока он поднимался по лестнице к двери дома. Этот парень отлично чувствует настроение.

Так состоялась наша первая встреча. А имя он мне придумал потом, но это уже отдельная тема.

После того случая я каждую ночь обнаруживал под серебристым фургончиком сухой кошачий корм. Прямо у заднего колеса. Пример-

ПРОЛОГ

но пригоршню — как раз подходящая порция для кота. Парень появлялся всякий раз внезапно. Если я был на месте, то разрешал ему погладить себя в знак благодарности, если же где-то рыскал, то он оставлял мне еду и уходил несолоно хлебавши.

Порой мой корм успевали сожрать другие коты, а иногда парень не возвращался на ночь домой, и я напрасно ждал, что он вынесет мне еду, до самого утра — и так и оставался голодным, но, как правило, я мог рассчитывать на одну хорошую кормежку в сутки. И все же люди — такие непостоянные существа. Как я мог всецело рассчитывать на щедрость этого парня? Вольная кошачья жизнь — целое искусство выживания, когда нужно учитывать самые непредвиденные ситуации...

Так мы и жили — не сближаясь особо, но и не теряя друг друга из виду, как обыкновенные знакомые. На некотором расстоянии. И только жизнь вошла в эту привычную колею, как вмешалась сама судьба, в корне изменившая наши отношения.

И это было чудовищно больно!..

Когда однажды ночью я перебегал дорогу, меня ослепили фары откуда-то вывернувшей машины. Раздался пронзительный гудок. Я попытался отскочить. Тут-то все и случилось. Мне не хватило какой-то доли секунды, и машина накрыла меня. Страшный удар отшвырнул меня в сторону, я даже не понял, что произошло. Очнулся в придорожных кустах. От чудовищной боли я взвыл, однако я был жив. И все же что-то было очень неладно. Я попытался привстать, но боль пронзила меня с новой силой.

А-а-а! Как больно, как же мне больно!!! Что с моей задней лапой? Какая жуткая боль! Я изогнулся, чтоб дотянуться до лапы и зализать рану. Но... о ужас! Из шерсти торчала кость.

Даже самый ужасный укус или порез я бы смог залечить, но это... это было за гранью возможного. Торчавшая наружу кость словно вобрала в себя все муки ада. Это было просто невыносимо!

Что делать? Что же мне делать?! Помогите, ну кто-нибудь...

Ну и чушь я несу. Кто станет помогать уличному коту? И тут я вдруг вспомнил про того долговязого парня, который каждую ночь приходил на парковку насыпать мне корму. *Он точно поможет!* Почему я решил, что он непременно поможет? Ведь мы не были друзьями, — в благодарность за его приношения я только изредка позволял себя гладить, и все.

И тем не менее я потащился к нему, волоча перебитую заднюю ногу с выпирающей костью.

Несколько раз лапы отказывались повиноваться от обжигающей боли, которая разливалась по всему моему телу. Все... больше нет сил... но еще шаг... еще один шаг...

В сущности, я был не так уж и далеко от того дома, где жил парень, однако дополз до се-

ПРОЛОГ

ребристого фургончика лишь под утро, когда небо уже начинало светлеть.

Все. Силы иссякли. Мне конец. Теперь уже точно.

И я завыл — завыл что было мочи.

А-а-а!!! А-а-а-а!!! Как же мне бо-о-ольно!!!

Я орал и орал — пока совсем не обессилел. Мне было больно даже кричать. И тут я услышал шаги — кто-то спускался по лестнице. Я приподнял морду — да, это был он, тот долговязый парень.

— Я так и решил, что это ты! — Посмотрев на меня, парень переменился в лице. — Что случилось? Ты попал под машину? Больно, да? Ну конечно же больно.

Ну, хватит глупых вопросов, а то я разозлюсь! Пожалел бы израненного кота.

— Ты так истошно кричал, что я даже проснулся. Ты меня звал?!

Тебя, тебя, ну кого же еще! Только ты не очень-то торопился...

— И ты решил, что я тебе помогу? Да?

Ну-у, может, и так... угадал.

Тут парень зашмыгал носом. Что такое... Он плачет?

— Ты настоящий молодец, что вспомнил обо мне! Я тобой горжусь!

Коты не плачут, как люди. Но кажется, я понимал, почему он льет слезы. Я вспомнил именно о нем, когда понял, что мне конец. Все сложилось так скверно... но может, хоть тут повезет?

Так ты поможешь мне или нет? Мне больно, как же мне больно... уже нет мочи терпеть!

Меня охватил панический страх. Что со мной будет?

— Ну потерпи, потерпи. Все будет хорошо!

Парень бережно уложил меня в картонную коробку, в которую постелил мягкое полотенце, поставил коробку на сиденье серебристого фургона. И повез меня в ветеринарную клинику.

Там был ад, сущий ад, это останется моим самым страшным воспоминанием, поэтому я опущу подробности. Мало кто возжелает попасть в это место вторично, ну а уж я...

Кончилось тем, что я поселился у парня — до тех пор, пока не срастется кость.

Он жил один, квартирка чистенькая, нигде ни пылинки. Лоток для моих «дел» он поставил в ванной комнате. А в кухне — миски для еды и воды.

Хоть я и уличный кот, я очень умный и знаю, как себя вести. Я сразу же научился пользоваться лотком — стоило только раз показать. Не было случая, чтобы я наделал мимо или где попало. И я не точил когти там, где нельзя. Стены и двери однозначно были под запретом, поэтому я отрывался на мебели и ковре. Во всяком случае, парень прямо не говорил, что мебель и ковер драть нельзя. (Вообще-то, поначалу он взирал на мои выкрутасы с несчастным видом, но я ловлю все на лету — так вот, на мебель и ковер не было *абсолютного табу*, у меня нюх на такие вещи.)

ПРОЛОГ

Прошло, наверное, месяца два, пока кость срослась и с лапы сняли швы. За это время я выяснил имя парня. Сатору Мияваки. Меня Сатору пока никак не называл — только «ты», «кот» или даже «господин кот», если ему в какой-то определенный момент так хотелось. У меня никогда не было имени, поэтому я не обижался. И даже будь у меня имя, я не смог бы сказать об этом Сатору, ведь он не владеет кошачьим языком. Люди понимают только человечий язык, с ними сложно общаться. А вы в курсе, что животные более развиты в этом плане? Они понимают речь многих существ.

Когда я пытался выйти за дверь, Сатору хмурился и с озабоченным видом принимался увещевать меня:

— Если ты уйдешь, ты можешь и не вернуться, верно? Ну подожди, пока окончательно не поправишься! Ты же не хочешь бегать всю оставшуюся жизнь со швами?

К тому времени я уже мог кое-как передвигаться, хотя лапа все еще болела. Но Сатору делал такое расстроенное лицо, что я решил воздержаться от прогулок на ближайшие месяца два. В самом деле, как я буду драться с другими котами, если еще приволакиваю заднюю лапу?

И вот наконец раны мои зажили окончательно. Я подошел к двери и мяукнул.

Выпусти меня! Спасибо тебе за все, вовек благодарен. Отныне можешь гладить меня прос-

то так, без угощения. На капоте своего серебристого фургончика.

Что такое? Лицо Сатору приняло даже не озабоченное, а прямо-таки страдальческое выражение. Примерно как в случае с мебелью и ковром. Не то чтобы совсем нельзя. Но... Весьма сходные чувства.

— Ты предпочитаешь жить на улице?

Послушай, не надо, у тебя такой вид, будто сейчас заплачешь. А то и мне станет грустно оттого, что я ухожу.

— Я-то думал, ты будешь жить у меня... И станешь *моим* котом! — выпалил вдруг Сатору.

Эй, это нечестный прием! Я до мозга костей свободный кот, мысль стать домашним любимцем мне даже в голову не приходила. Я жил у тебя, пока заживала лапа, но теперь она в порядке, и я собираюсь уйти! Нет, не совсем так — я думал, что обязан уйти! А если обязан, то лучше удалиться достойно, не дожидаясь, пока вышвырнут вон. Коты — очень гордые существа. Если ты хочешь, чтобы я остался с тобой, так скажи мне об этом — и поскорее!

Сатору нехотя отворил дверь, и я выскользнул наружу. Потом обернулся, посмотрел на Сатору и мяукнул.

Пойдем со мной!

Сатору, похоже, понял, что я сказал. Для человека у него хорошая интуиция, он понимает, что я ему говорю. Сатору бросил на меня озадаченный взгляд, но все же вышел следом.

ПРОЛОГ

Ночь была светлая, яркая луна освещала притихший, совершенно безмолвный город. Я вскочил на капот серебристого фургона, чтобы удостовериться, что могу прыгать, как прежде, потом соскочил вниз и стал с наслаждением кататься по земле. Рядом проехала машина, и хвост у меня непроизвольно взлетел вверх. Страх попасть под колеса поселился во мне навсегда. Невольно я кинулся в ноги Сатору. Он смотрел на меня с ласковой улыбкой.

Мы обошли вокруг дома, потом я направился к подъезду. Перед дверью Сатору, на площадке второго этажа, я снова мяукнул.

Открывай!

Я взглянул на Сатору. Он улыбался, но глаза были полны слез.

— Ты вернулся ко мне? Да?

Да, да! Ну открывай же скорее!

— Так ты согласен быть *моим* котом?

Да. Только иногда выпускай меня погулять, хорошо?

Так я стал жить у Сатору.

— В детстве у меня был кот, точная копия тебя! — Сатору извлек из шкафа какой-то большой альбом. — Вот! Гляди!

Альбом был битком набит фотографиями одного и того же кота. Я знаю, как называют таких людей: «чокнутые кошатники». Однако кот на снимках действительно сильно смахивал на меня. Целиком белый, только на мордочке цветные отметины. Две полоски на морде и еще черный хвост крючком. Изгиб хвоста немного другой, а вот пятнышки на морде у нас с тем котом одинаковые. Точь-в-точь.

— Полоски на мордочке у него были домиком, как иероглиф «хати»[1] — «восемь», поэтому я дал ему имя Хати.

Фу, до чего неоригинально. Дурацкое имя. Интересно, а мне он что подберет? Вопрос имени начинал смутно тревожить меня. За восьмеркой идет девятка — «ку».

— А как тебе имя Нана?

О-о-о, мы решили заняться вычитанием? И остановились на цифре семь?[2] Довольно непредвиденный поворот...

— У тебя загогулина в другую сторону, не так, как у Хати, и если смотреть сверху, то похоже на цифру семь, то есть «нана».

А, это он сейчас про мой хвост... Постой, постой! Нана — это ведь совершенно девчачье имя, разве не так? Я бесстрашный, закаленный в схватках кот. Какая еще Нана?!

— Точно, пусть будет Нана! Отличное имя! Семерка — счастливое число...

Что он несет?!

Я недовольно мяукнул, но Сатору, прикрыв глаза, пощекотал меня под подбородком.

— Тебе тоже понравилось, да?

Не-е-ет!!! Я же сказал!

Но тут я невольно замурлыкал. Это не по правилам — гладить меня в такой момент!

---

[1] Иероглиф «хати» 八 обозначает цифру 8.
[2] «Семь» на японском языке звучит как «нана».

ПРОЛОГ

— Я вижу, что тебе понравилось...

Не-е-ет...

Я прозевал шанс исправить ошибку (ну что я мог поделать, если Сатору гладил меня не переставая). Так я получил имя Нана.

— Нам с тобой придется переехать на другую квартиру.

В доме, где жил Сатору, не разрешалось держать животных, но он уговорил арендодателя сделать исключение для меня — на то время, пока заживала моя лапа. Потом мы с Сатору перебрались на другую квартиру, в том же квартале. Устроить себе эдакую головную боль с переездом — и все ради какого-то кота... Может, мне не стоило этого говорить, тем более что я сам кот... только ведь и правда, Сатору — *законченный* кошатник!

Так началась наша совместная жизнь. Сатору был идеальным соседом, но ведь и я идеальный кот для совместного проживания! И мы душа в душу прожили целых пять лет.

* * *

За это время я вырос и заматерел. Сатору тоже вошел в возраст — ему было уже немного за тридцать, самый расцвет жизни.

— Прости меня, Нана... — Сатору виновато погладил меня по голове.

За что? Все нормально!

— Мне очень жаль, что все так сложилось...

Не надо ничего объяснять. Я все схватываю на лету.

— Я не хочу расставаться с тобой...

Что ж, у людей такое бывает. Не всегда жизнь идёт по плану. Но я — кот. У меня своя дорога. И если нужно расстаться с Сатору, что ж, я без сожалений вернусь к своей прежней жизни, буду жить, как жил пять лет назад. Когда машина перебила мне лапу. Мог же я вернуться на улицу, когда срослась кость? Так что всё в порядке. Могу уйти прямо завтра, снова стать дворовым котом, словно ничего и не было. Я ничего не теряю. Ровным счётом. У меня останется имя Нана — и те пять лет, что я прожил с тобой, Сатору. Поэтому не надо сидеть с таким убитым видом.

Коты вообще философски относятся к жизненным катаклизмам. Единственное исключение — та ночь, когда меня покалечила машина и я вспомнил о Сатору.

— Ну что, в путь?

Сатору открыл крышку переноски, и я послушно забрался туда. Все эти пять лет с Сатору я был очень послушным котом. Даже когда он возил меня в клинику — а это кошмар всей моей жизни! — я сидел смирно и не устраивал никаких концертов.

Ну, в путь так в путь. Я всегда был безупречным товарищем по общежитию, теперь буду столь же безукоризненным спутником.

Сатору взял переноску и направился к своему серебристому фургону.

ХРОНИКА ПЕРВАЯ

КОСКЭ

«Прости за долгое молчание...»

Так начиналось письмо, пришедшее на электронную почту Коскэ. Письмо было от Сатору Мияваки, друга детства, который перебрался в другой город еще в начальной школе. Он потом не раз переезжал с места на место, но они с Коскэ никогда не теряли друг друга из виду. Даже теперь, когда обоим было за тридцать, они поддерживали дружеские отношения. Сатору и Коскэ могли не видеться много лет, но при встрече начинали болтать, как будто расстались вчера.

«Извини, что обращаюсь к тебе с неожиданной просьбой. Ты не мог бы взять к себе моего кота?»

Далее следовало объяснение: это его обожаемый кот, но в связи с безвыходной ситуацией Сатору больше не может держать его и ищет, кому бы пристроить.

Что за «безвыходная ситуация», Сатору не уточнял.

В письмо были вложены две фотографии кота с пятнышками на лбу в форме иероглифа «хати».

— Да это же вылитый Хати! — не удержался от восклицания Коскэ.

В самом деле, кот на фото был как две капли воды похож на того котенка, которого они с Сатору нашли в тот далекий памятный день. Коскэ прокрутил письмо до второго фото — на нем крупным планом был запечатлен задранный кверху кошачий хвост. Черный хвост, изогнутый в форме семерки. Говорят, коты с такими хвостами приносят удачу. Кто же это сказал? Ах да... Коскэ вздохнул. Это ему говорила жена. Но сейчас жена вернулась к родителям. И неизвестно, когда она снова приедет к Коскэ. Он терзался смутными подозрениями, что уже никогда.

Ему в голову вдруг пришла нелепая мысль, что все могло сложиться иначе, если бы у них жил кот вот с таким «счастливым» хвостом. Бродил бы по дому, собирая своим крючковатым хвостом кусочки хрупкого счастья, — и как знать, возможно, они с женой смогли бы построить простые, бесхитростные отношения... даже при отсутствии ребенка.

«Это было бы весьма кстати — взять к себе кота Сатору», — подумал Коскэ. Кот на фото очень хорош, настоящий красавец, — вылитый Хати. И хвост у него тоже крючком. Да и с Сатору они уже сто лет не виделись.

«Друг попросил меня взять его кота, как ты на это смотришь?» — написал Коскэ жене. Жена ответила: «Делай, как тебе угодно». Весьма нелюбезно. Но это уже достижение, до этого она вообще игнорировала его письма. Если взять

ХРОНИКА ПЕРВАЯ

кота Сатору, может, она не утерпит и придет посмотреть на него? Жена обожает кошек. А если еще поплакаться, что кота-то он взял, но не знает, чем кормить и все такое, то, может, она и вернется — из сострадания к коту?

Нет. Ничего не выйдет. Отец не выносит кошек. Коскэ поймал себя на мысли, что с привычным страхом ждет вспышки отцовского гнева, и с досады даже языком прищелкнул.

Как раз это и переполнило чашу терпения жены. Ведь сейчас не отец, а сам Коскэ — владелец студии, и его не должно заботить отцовское настроение. Не должно заботить, однако заботит.

Возможно, инстинктивный протест против диктата отца и подвигнул Коскэ согласиться на то, чтобы взять кота у лучшего друга детства.

Сатору приехал на следующей неделе, когда у Коскэ был выходной. И привез с собой своего обожаемого кота.

Заслышав звук мотора, Коскэ вышел на улицу — серебристый фургон Сатору как раз выруливал на стоянку студии.

— Коскэ! Сколько лет, сколько зим! — Сатору оторвал руку от руля и помахал Коскэ.

— Давай паркуйся быстрее! — с невеселой улыбкой ответил Коскэ.

Они не виделись целых три года. Он был очень рад приезду Сатору. Тот ничуть не изменился, остался таким же, как в детстве.

— Надо было прямо тут парковаться, здесь ведь проще.

На стоянке перед студией было три места для машин клиентов, но Сатору выбрал место рядом со входом в дом, где были навалены коробки и прочий хлам.

— А вдруг клиенты приедут? Неудобно получится.

— Сегодня выходной. Ты забыл?

Среда была в студии нерабочим днем. Коскэ приглашал Сатору в субботу или воскресенье, когда в фирме Сатору выходные дни, но Сатору настоял на среде, мол, неловко, ведь он будет с котом.

Сатору кивнул, вылез из машины и достал переноску с заднего сиденья.

— Это и есть Нана?

— Да. Я же посылал тебе фотографии. Хвост у него похож на семерку. Подходящее имя, правда?

— Ты всегда выбираешь странные имена. Прежде был Хати...

Они прошли в дом. Однако, когда Коскэ захотел рассмотреть Нана поближе, тот угрожающе заворчал и не пожелал выбираться из переноски. Коскэ заглянул в переноску, но увидел только черный хвост крючком и белый пушистый зад.

— Нана... Нана-тян[1], что с тобой? — растерялся Сатору.

Он сам попытался вытащить кота, но и у него ничего не вышло.

---

[1] -*тян* — уменьшительно-ласкательный суффикс для имен в японском языке.

— Извини. Незнакомый дом, Нана, видимо, нервничает. Подождем, пока не успокоится...

Они поставили переноску на пол, открыв дверцу, и принялись вспоминать школьное прошлое.

— Ты за рулем, поэтому тебе нельзя алкоголь. Что будешь — кофе или чай?

— Давай кофе.

Коскэ сделал две чашки кофе. Сатору взял свою и как бы невзначай поинтересовался:

— А где супруга?

Коскэ хотел увильнуть от ответа, но не нашел что сказать.

— Она вернулась к родителям, — после неловкой паузы выдавил он.

— О-о... вот как?

На лице Сатору отразилась целая гамма чувств: «Извини, дружище. Я не хотел... не хотел сделать тебе больно, но я же не знал».

— И... а ты разве можешь сам решать вопрос насчет кота? Вы не поругаетесь потом, когда она вернется?

— Она любит кошек. Может быть, она скорее вернется, если я возьму кота.

— У людей разные вкусы.

— Я переслал ей те фото с Нана. Она сказала: «Делай, как тебе угодно».

— То есть ее согласия ты не получил.

— Она разрешила поступать, как мне угодно. И вообще, это первый раз за все время, когда она ответила мне, — потому что дело касалось кота.

«Может, она скорее вернется, если я возьму кота» — это, конечно, была шутка, однако в глубине души Коскэ надеялся именно на такой поворот событий.

— Она никогда не выгонит кошку из дома. Если вернется. А не вернется, я сам буду заботиться о Нана. Какие проблемы.

— Понятно, — протянул Сатору, закрывая тему.

Теперь была очередь Коскэ задавать вопросы.

— Ты мне лучше скажи, почему ты больше не можешь держать Нана?

— Ну... как тебе объяснить. — Сатору с неловким смешком почесал голову. — Возникли некоторые обстоятельства, и мы не сможем теперь жить вместе.

Что-то щелкнуло в голове у Коскэ. Тут что-то не так, он почувствовал это еще тогда, когда они договаривались о встрече. Сатору, работавший в фирме с девяти до шести, вдруг предложил подстроиться под график Коскэ и приехал в середине недели!

— Тебя уволили?

— Ну... нет, дело в том, что теперь у меня не получится держать его у себя.

Сатору явно уходил от ответа, и Коскэ не стал наседать.

— Во всяком случае, мне нужно пристроить Нана в хорошие руки. Я уже пробовал договориться с парой близких друзей...

ХРОНИКА ПЕРВАЯ

— Вот как... Да, это не так легко.

Коскэ еще больше захотелось взять к себе Нана. Акт милосердия! Нужно помочь человеку, тем более Сатору.

— Ну а ты-то как? Какие планы на жизнь? И вообще...

— Спасибо, что спросил. Если я пристрою Нана, со мной все будет превосходно.

Коскэ почувствовал, что дальше заходить не стоит. Это будет слишком назойливо. Он уже дал понять: если нужно чем-то помочь, пусть Сатору только скажет.

— Знаешь, я прямо обалдел, когда получил фото. Это же вылитый Хати!

— Когда ты увидишь его воочию, ты еще больше удивишься.

Сатору обернулся на переноску, стоявшую у него за спиной. Нана и не думал высовывать нос.

— Когда я впервые встретил его, я тоже был потрясен. На мгновение подумал, что это и в самом деле Хати.

Такого, разумеется, быть не могло, и печаль Сатору нельзя было не заметить.

— А что сталось с Хати?

— Он погиб, когда я учился в старшей школе. Его новый хозяин связался со мной. Сказал, что Хати попал под машину.

Было видно, что даже сейчас Сатору тяжело говорить об этом.

— Молодцы, что сообщили тебе.

Хорошо, когда можно погоревать о любимом коте с другом. Но в то время Сатору, наверное, рыдал в одиночку, и не один раз...

— Извини, я что-то совсем раскис.

— Ну что ты извиняешься, идиот!

Коскэ замахнулся, словно хотел легонько толкнуть Сатору, — и тот шутливо уклонился.

— Время летит так быстро, что даже не замечаешь. Кажется, это было вчера. Когда мы с тобой нашли Хати. Помнишь?

Сатору смущенно засмеялся.

* * *

Неподалеку от фотостудии семьи Савада, вверх по склону пологого холма, начинался жилой квартал. Лет тридцать назад квартал считался перспективным и модным, в нем было много красивых, словно сошедших с картинки, домов и шикарных кондоминиумов.

Семья Сатору жила как раз в одном из таких кондоминиумов. Сатору, отец и мать. Сатору и Коскэ стали вместе ходить в клуб по плаванию во втором классе начальной школы. У Коскэ в детстве была легкая форма атопического дерматита, и его привела в клуб мать, свято веровавшая в то, что вода излечивает все болезни. У Сатору были иные причины. Он плавал так быстро, что все шутили насчет перепонок у него между пальцами, и даже школьные учителя советовали ему заняться плаванием всерьез, вот он и пришел в клуб.

ХРОНИКА ПЕРВАЯ

Озорник Сатору во время перерывов ползал по дну бассейна, как саламандра, а потом внезапно всплывал, пугая других учеников. Однажды тренер в сердцах назвал его каппой[1], и прозвище прилипло к Сатору. А иногда тренер называл его еще перепончатолапым — в зависимости от настроения.

Поэтому Сатору всегда тренировался в группе для продвинутых, а Коскэ занимался вместе с обычными детьми, среди которых было много таких же, как он, аллергиков.

И впрямь, Сатору был необычайно хорош, когда плыл по дорожке, рассекая воду, — настоящий каппа. И хотя они с Коскэ были друзьями, в такие моменты Коскэ положительно ненавидел Сатору. Как ему хотелось быть похожим на него!

Но как-то Сатору, расшалившись не в меру, неудачно нырнул и поранил лоб о дно бассейна. После чего зависть Коскэ мгновенно растаяла... Котенка они нашли в самом начале лета.

Коскэ и Сатору уже два года вместе ходили на плавание. Обычно они встречались у подножия холма, на котором располагался их квартал, и в тот день Коскэ пришел раньше Сатору. А поэтому первый увидел коробку.

Картонная коробка стояла прямо под столбом с картой жилого массива. И мяукала. Коскэ боязливо приоткрыл крышку — и увидел два

---

[1] *Каппа* (букв. «речное дитя») в японской низшей мифологии — водяной.

белых пушистых комочка. Только местами на них пестрели цветные пятнышки.

Коскэ взирал на котят в немом изумлении. Какие беспомощные, нежные существа! Котята были такими крошечными, что он не решился их потрогать.

— О-о! Котята! — раздался над его головой голос Сатору. — Откуда они взялись? — спросил он, сев на корточки рядом с Коскэ.

— Кто-то оставил их здесь в коробке.

— Какие хорошенькие!

Некоторое время мальчики осторожно гладили нежные пушистые комочки. Потом Сатору предложил:

— Давай возьмём их на руки?

«У тебя аллергия, не смей прикасаться ни к каким животным!» Коскэ явственно услышал сердитый окрик матери, но стоять и смотреть, как их берёт на руки Сатору, было просто невыносимо. В конце концов, это он первый увидел котят!

Коскэ подсунул ладонь под котёнка и вытащил его из коробки. Он был такой невесомый! Коскэ гладил бы и гладил пушистое тельце, но они опаздывали на занятия.

— Пора бежать!

— Да, пора... — уговаривали они друг друга. Потом, с трудом оторвавшись от котят, со всех ног помчались в клуб, договорившись, что вернутся сюда после занятий.

Они всё-таки опоздали, за что получили от тренера по подзатыльнику.

ХРОНИКА ПЕРВАЯ

После тренировки мальчики опрометью бросились к подножию холма. Коробка оказалась на месте, но увы! — там был только один котенок. Кто-то уже забрал второго.

У Коскэ с Сатору было такое чувство, что судьба этого оставшегося котенка в их руках. Разноцветного котенка с двумя пятнышками на мордочке в форме иероглифа «хати» и черным хвостом, загнутым крючком.

Мальчишки уселись на траву возле коробки, не отрывая глаз от свернувшегося клубочком котенка. Разве найдется ребенок, который не захочет принести домой крошечное пушистое чудо?

Но как их встретят дома? Каждый из них прекрасно понимал, что творится в голове у приятеля. Коскэ знал, что мать будет ругаться, ведь у него дерматит. Да и отец не очень-то любит животных.

Первым решился Сатору:

— Я попрошу маму!

— Это нечестно! — взорвался Коскэ.

Дело было не в котенке, а в чем-то другом — в той неприязни, что скопилась в нем на тренировках по плаванию. А тут еще девочка, которая нравилась Коскэ... Глядя на плывущего Сатору, она восхищенно воскликнула: «Как же красиво!» (Теперь-то Коскэ понимал, что та фраза относилась не к самому Сатору, а к его умению плавать, но ведь он каппа, стоило ли завидовать?)

Да, Сатору быстро плавает, у него нет дерматита, и мама с папой добрые. Если он принесет котенка домой, они примут его без возражений, это ясно как божий день. Мало того что девочка восхитилась Сатору, теперь еще и котенок ему достанется?! Вот это пушистое крошечное существо! Какая чудовищная несправедливость!

— Это нечестно! — повторил Коскэ.

Сатору даже отпрянул, будто его ударили. При виде растерянного лица приятеля Коскэ стало стыдно. Он понимал, что зря набросился на Сатору, но сдержаться не смог.

— Это я первый нашел его!

Дурацкий аргумент... Но Сатору вдруг согласился, признав вину, — как-то даже чересчур легко.

— Прости меня! Ты прав, это ты нашел котенка, значит он твой.

Понимая, что зря обидел товарища, Коскэ тем не менее сердито кивнул в ответ.

Они довольно холодно попрощались, и Коскэ удалился с коробкой в руках.

Как ни странно, его мать была совершенно не против.

— Возможно, плавание помогло, но в последнее время у тебя нет аллергических реакций. Так что если мы будем поддерживать чистоту, то все будет нормально. Когда я жила с родителями, у нас тоже был кот — и все было замечательно.

ХРОНИКА ПЕРВАЯ

Однако отец был непреклонен.

— Какой еще кот?! Ни за что! — заорал он. И было ясно, что он не собирается менять свое мнение. — Чтобы он точил когти и драл в доме все подряд?! Между прочим, и денег на него уйдет прорва. Я не для того день и ночь работаю, чтобы кормить каких-то котов!

Мать Коскэ пыталась урезонить его, но отец и слушать ничего не хотел. Перед ужином он велел Коскэ отнести котенка туда, где он его взял.

Едва сдерживая слезы, Коскэ потащился к подножию холма, крепко прижимая к груди коробку с котенком. Но оставить коробку у столба с картой квартала, там, где он ее нашел, — нет, это было выше его сил. И Коскэ повернул к дому Сатору, совершенно забыв о том, что они недавно так скверно расстались.

— Отец запретил мне взять его... — выговорил Коскэ, сдерживая душившие его рыдания.

— Понятно, — кивнул Сатору. — Предоставь это дело мне. У меня есть отличная идея!

Сатору ушел в дом. Коскэ терпеливо ждал под дверью, полагая, что Сатору пошел просить разрешения у мамы, однако Сатору вернулся с большой спортивной сумкой через плечо. С этой сумкой он ходил на тренировки в клуб.

— Сатору, куда это ты, с сумкой? — встревожилась мать, стряпавшая что-то на кухне. — Скоро отец вернется, ужинать будем!

— Ужинайте без меня, — отозвался Сатору, обуваясь в прихожей. — Мы с Коскэ решили сбежать из дома.

— Что? Что ты сказал?!

Мама Сатору всегда отличалась мягкостью и деликатностью. Коскэ ни разу не видел ее в таком гневе. Она жарила темпуру[1] и не могла оторваться — только на секунду выглянула из кухни.

— Ко-тян! Что он такое говорит?

Но Коскэ и сам ничего не понимал.

— Потом объясню! — Сатору потащил его за руку на улицу. — Я взял эту книгу в школьной библиотеке. Там отец тоже набросился на сына из-за того, что тот подобрал бездомного щенка, и велел отнести щенка обратно, но мальчик не мог выкинуть щенка и ушел из дома. В итоге отец отправился искать его среди ночи и разрешил оставить щенка, при условии что мальчик будет сам ухаживать за ним. — Взволнованной скороговоркой Сатору пересказал содержание. — Точь-в-точь как у тебя, Коскэ, поэтому план точно сработает! Только у тебя не щенок, а котенок. И еще тебе помогаю я!

Помимо того что это был не щенок, а котенок плюс наличие Сатору в качестве помощника, были еще и другие существенные отличия в сюжете, однако идея чуть-чуть напугать отца показалась Коскэ довольно соблазнитель-

---

[1] *Темпура* — японские блюда из рыбы, морепродуктов или овощей, которые обмакивают в кляр и жарят во фритюре.

ной. Если он сбежит из дома, может, отец и впрямь взволнуется и хотя бы немного пожалеет о содеянном? Поэтому он поддержал план Сатору.

Первым делом мальчишки отправились в комбини купить еду для котенка.

— Нам нужен корм для маленького котенка! — объявили они на кассе, и продавец, молодой парень с крашеными рыжими волосами, подал им банку с кормом.

— Это, я думаю, подойдет — что-то вроде мусса, — пояснил он. Парень оказался очень приветливым и любезным, несмотря на кошмарный вид.

Они немного подкрепились, сидя в парке. Сатору прихватил из дома хлеб и какие-то сладости. Потом дали поесть котенку.

— В книжке написано, что все произошло около полуночи. Следовательно, нам придется болтаться здесь до двенадцати ночи. — Предусмотрительный Сатору прихватил с собой будильник.

— Боюсь, отец сильно разозлится, если меня не будет дома так поздно.

Отец Коскэ всегда любезно вел себя с посторонними, но дома был упрямым деспотом и впадал в ярость по малейшему пустяку.

— Ты что?! Это же ради котенка! И потом, по книге, отец тебя простил, так что все будет как нужно!

Ну, это по книге — простил... Однако Коскэ не высказал этого вслух, поддавшись вдохновенному безрассудству Сатору. В реальной жизни отец Коскэ был не таким покладистым, и Коскэ терзали смутные предчувствия, что все пройдет не так гладко.

Пока мальчишки ждали полуночи, играя в парке с котенком, к ним подошли несколько женщин, выгуливавших собак: все они поинтересовались, что это Коскэ с Сатору делают в парке в столь поздний час. «Ваши родители будут волноваться!» — говорили они. И Коскэ, и Сатору были слишком известны в округе. Коскэ уже начал подозревать, что они выбрали не самое подходящее место для ожидания, но Сатору был невозмутимо спокоен.

— Не беспокойтесь, пожалуйста, — отвечал он на все расспросы. — Мы просто сбежали из дома!

Когда к ним подошел уже пятый человек, Коскэ не выдержал.

— Послушай, Сатору! Разве так убегают из дома?

— Пожалуй, ты прав. Но в книге отец приходит искать мальчика в парк.

— Все это какая-то глупость...

Как бы он ни надеялся, отец вряд ли раскается в своем поведении. А если и раскается, все равно не разрешит взять котенка.

— Сатору! Уже очень поздно, хватит валять дурака! Иди домой! И у Коскэ-тян тоже дома беспокоятся!.. — послышался голос матери Сатору.

Сатору вздрогнул.

— Они не должны были так скоро нас найти!
— Ты так думаешь?

Неужели не ясно, что все эти тетушки, которые подходили к ним, тут же бежали к родителям Сатору и сообщали: «Ваш мальчик играет в парке»?

— Мам, извини! Но нас пока нельзя ловить! — крикнул Сатору и, бросив на ходу: «Скорее, бежим отсюда!» — подхватил коробку с котенком и помчался прочь.

Коскэ нехотя последовал за ним. Реальность явно расходилась с историей, рассказанной Сатору, однако все еще можно исправить. Наверное.

Им удалось улизнуть от матери Сатору, они уже неслись по дороге, вниз по холму, когда внезапно раздался грозный рык. Отец Коскэ!

— А ну вернись!

«Вот теперь уже ничего не исправить... Наверное, лучше просить прощения», — подумал Коскэ.

— Это враг! Бежим! — крикнул вдруг Сатору.

Дело принимало неожиданный оборот. Не такой, как в книжке.

Коскэ даже представить не мог, куда заведет их новая сюжетная линия, но ему не оставалось ничего другого, кроме как мчаться вслед за Сатору.

Тучный и неповоротливый отец Коскэ быстро сбавил темп, и мальчишки потеряли его из виду после первого же поворота, но теперь они оказались на совершенно прямой улице, где негде было укрыться.

— Коскэ, сюда!

Сатору влетел в двери комбини, где они покупали корм котенку.

Несколько покупателей бродили по магазину, продавец с рыжими волосами вяло переставлял что-то на полках.

— Спрячьте нас, за нами погоня! — страшным голосом выкрикнул Сатору. Продавец с подозрением уставился на них.

— Если они нас поймают, то выбросят его! — Сатору показал продавцу коробку.

Оттуда раздавалось истошное мяуканье. Котенка растрясло в коробке, пока они бежали, и он громко возмущался.

Продавец молча посмотрел на коробку, потом так же молча поманил Сатору и Коскэ за собой, вглубь магазина. Они выскочили через черную дверь на задний двор.

— Вы — наш спаситель! — крикнули на бегу Сатору с Коскэ продавцу.

Тот так же молча помахал им рукой.

Мальчишки еще долго бегали в поисках укрытия и в конце концов прибежали к собственной школе.

Странная затея Сатору сбежать из дома переполошила всю округу. И когда они влетели в школу, преследователи уже наступали им на пятки. Мальчишки проникли в школьное здание через окно, которое плохо запиралось, — о чем знали все ученики. Но взрослые понятия не имели об этом, а потому бестолково бегали вокруг школы, не зная, как попасть внутрь. Тем временем Сатору с Коскэ взобрались на верхний этаж. Потом залезли на крышу — и только теперь вспомнили про котенка в коробке.

— Как там он? Не повредила бы ему наша беготня...

Из коробки не доносилось ни звука, поэтому они приоткрыли ее — посмотреть. Котенок сидел, забившись в угол. Коскэ нерешительно протянул руку, потрогать...

— Мяу!!! — раздался пронзительный вопль.

— Тсс... Молчи! Сиди тихо!

Мальчики, шипя друг на друга, попытались утихомирить котенка. Но тот продолжал истошно мяукать. Все громче и громче.

Внизу стали собираться люди.

— Кошка мяукает!

— Это на крыше!

— Коскэ, я сказал, хватит валять дурака! Слышишь, что я тебе говорю?! — Сердитый голос отца Коскэ перекрывал все крики. По тону было понятно, что он вне себя от злости и Коскэ ждет хорошая трепка.

Коскэ полными слез глазами посмотрел на Сатору:

— Ничего не вышло! Ты меня обманул, Сатору!

— Нет, нам нельзя терять надежду. Мы сейчас еще можем повернуть все как надо!

— Нет, не сможем!

— Сатору, немедленно спускайся! — К общему хору присоединился еще один голос: отца Сатору.

— Можно взобраться на крышу по пожарной лестнице, — сказал кто-то внизу.

Стало понятно, что отец Коскэ с налитыми кровью глазами уже лезет вверх.

Коскэ в отчаянии сжал голову руками:

— Мне конец!

Тогда Сатору подбежал к ограждению крыши.

— Стойте! — крикнул он, перегнувшись через ограждение. — Если вы не остановитесь, то Коскэ спрыгнет вниз!

Толпа внизу загудела.

— ЧТО?! — оторопел Коскэ. — Ты что говоришь, Сатору?!

Он дернул Сатору за рукав, но тот повернулся к нему с сияющей улыбкой и поднял большой палец.

— Я говорил, что мы все повернем в нашу пользу!

Коскэ вовсе не желал такого «поворота», но, по крайней мере, это остудило воинственный пыл отца Коскэ.

— Сатору, это правда? То, что ты сейчас сказал? — взвизгнула мать Сатору.

— Правда, правда! — отозвался Сатору. — Он уже кроссовки снял!

Внизу раздались крики ужаса.

— Коскэ, малыш, не делай этого! — послышался голос отца Сатору.

— Хватит дурить! — Это уже отец Коскэ. Даже сверху было видно, как он зол. — Не морочь нам голову! Вот я сейчас поднимусь — и стащу тебя оттуда!

— Не делайте этого, Савада-сан![1] — крикнул Сатору. — Иначе Коскэ совершит самоубийство, вместе с котенком! Он все решил!

Сатору повернулся к Коскэ.

— Коскэ, перегнись через ограждение!

— Нет! — испугался Коскэ. — Чтоб я рисковал своей жизнью? Ради чего?

— Но ведь ты же хотел котенка? — опешил Сатору.

Да, хотел. Но не такой же ценой. Не ценой своей жизни! Это просто глупо! В конце концов, та книжка, про которую твердит Сатору, не заканчивается смертью героя в обнимку со щенком!

— Послушай, Сатору... а давай мы попросим, чтобы тебе разрешили взять котенка к себе...

— Что? — Сатору с недоумением посмотрел на Коскэ. — Я же с самого начала собирался это сделать.

— Послушай... ты же не предлагаешь серьезно, чтобы я умер вместе с котенком? Возьми его лучше себе.

— Ну... тебе нужно было раньше об этом сказать! — Сатору даже покраснел. Потом пе-

---

[1] -сан — нейтрально-вежливый суффикс для имен в японском языке.

регнулся через ограждение и крикнул: — Пап! Мам! Коскэ согласен, чтобы мы взяли котенка к себе!

— Хорошо, хорошо! Только отговори Коскэтян прыгать!

Внизу продолжала шуметь и волноваться толпа не понимающих, что происходит, людей.

* * *

Да-а-а, Сатору. Похоже, ты в детстве не очень дружил с головой...

Из моей переноски хорошо было слышно, о чем говорят Коскэ с Сатору. Таких невероятных и душераздирающих историй я еще не слышал.

— Но самый кошмар начался после того, как мы спустились с крыши!

— Да уж, твой отец, Коскэ, надавал нам тогда таких тумаков. Наутро я был похож на статую Большого Будды в Наре.

«Похоже, тот кот, который перебаламутил всю округу, и был мой предшественник Хати», — подумал я.

— Кстати, о Хати... Он же был трехцветный, верно? Говорят, трехцветные коты — я имею в виду самцов — очень редкое в природе явление.

...Вот как? Значит, я — очень редкое явление? Ведь мы с Хати практически неотличимы!

Я даже уши навострил. Интересно, что ответит Сатору.

Сатору рассмеялся:

ХРОНИКА ПЕРВАЯ

— В самом деле? Ну, вообще, я тоже интересовался у ветеринара. Он сказал, что пятен слишком мало, чтобы считать его трехцветным.

— Да? А, точно, у Хати цветные отметины были только на лбу, ну еще хвост. А так он весь был целиком белый.

Коскэ вдруг замолк. Потом поднял руки и скрестил их на груди. Мне все это хорошо было видно из моей переноски.

— Я вот что сейчас подумал... если бы я тогда сказал отцу, что это очень редкая порода трехцветных котов, может, он и позволил бы мне взять его. Хотя нет. Все равно бы не разрешил.

Коскэ перевел взгляд на мою переноску.

Я тотчас же отвернулся, чтобы не встречаться с ним взглядом. Это будет весьма неприятно, если он начнет приставать ко мне с нежностями.

— А Нана? Мордочка у него точь-в-точь как у Хати, но отметин побольше. Он-то хотя бы трехцветный?

— Нет, Нана тоже не может считаться трехцветным. Просто пестрый.

Спасибо, удружил, «просто пестрый», вот как. Я злобно покосился на Сатору.

— Но для меня Нана дороже, чем самый редкий трехцветный кот. Похоже, это судьба — найти точно такого же, как мой обожаемый первый кот, правда? — продолжил Сатору. — Когда я встретил его, то сразу понял, что пройдет время — и он тоже станет моим драгоценным котом.

Да ладно. Не будем впадать в крайности. Хотя звучит красиво, согласен. Но... А-а-а, так вот почему Сатору плакал в ту ночь! Когда я попал под машину и приполз к его дому. Он ведь сказал, что Хати сбила машина. Наверное, испугался, что со мной будет так же, как с Хати. И он потеряет еще одного обожаемого кота.

— Хороший был кот Хати. Такой воспитанный.

— Хотя не очень-то крепкий, — с улыбкой заметил Сатору.

Похоже, Хати был из той породы котов, что висят как тряпка, когда их берут за загривок. Кот, который не ловит мышей, вот как это зовется. Очень печально. Настоящий кот не будет висеть как тряпка, он задерет кверху задние лапы! А я? Я очень крепкий кот, само собой разумеется! Я изловил свою первую ласточку, когда мне было всего полгода. А поймать пернатую дичь гораздо сложнее, чем бегающую на четырех лапах.

— Да, я помню, он всегда выбивался из сил, когда носился за своими игрушками.

— Вообще был довольно флегматичным.

— А Нана?

— Ему особенно нравятся игрушечные мыши. Ну, те, что сделаны из кроличьего меха.

Минутку! Нет, такое я стерпеть не могу! Когда это мне нравились ваши ужасные поддельные мыши?! Да, они пахнут, как настоящие, и похожи на настоящих мышей, и, когда мне предлагают такие штуки, я всегда бросаюсь на них, это естественно. Но сколько их ни грызи, из них не брызнет вкусный сок и их нельзя съесть. Так что когда я успокаиваюсь, то чувствую себя обманутым. Как в том мультике, где самурай рубанет какую-нибудь ерундовину, а потом жалеет, что на зряшное дело хороший меч употребил. По телику его иногда крутят. Вот и я так же себя ощущаю — опять поохотился на какую-то ерундовину. (Кстати, Сатору нравятся киношки, где стреляют.) Производители игрушек для котов могли бы в этих мышей закладывать куриные грудки! Но как сообщить об этом производителям? *Господа, перестаньте беспокоиться о кошачьих хозяевах, хоть иногда интересуйтесь клиентами. Вашими истинными потребителями являемся мы, коты!*

Чтобы выпустить пар после таких «приключений», я обычно выхожу погулять. Но поскольку за мной, как правило, увязывается Сатору, то нормально поохотиться не получается. Только мне удастся выследить дичь, как в дело встревает Сатору и портит мне всю малину. Он начинает нарочно издавать какие-то звуки и совершать ненужные телодвижения. Когда я злобно кошусь на него, он изображает саму невинность — мол, что такого, а что я неправильно сделал? Благодарю, увольте меня от такой охоты!

Разозлившись, я начинаю бить хвостом, а он скорбно смотрит на меня с разнесчастным видом и оправдывается. Примерно так: «Нана, у тебя же дома сколько угодно сухого корма! Ну зачем тебе нужно кого-то убивать? Ведь даже если ты изловишь несчастную птичку, ты все равно не будешь ее есть, Нана...»

Дурак, дурак, какой же дура-а-ак!!! В каждом живущем на земле существе от природы заложен инстинкт убийцы! Да, ты можешь стать вегетарианцем, чтобы не убивать животных, — ты просто не слышишь, как кричат растения, когда ты убиваешь их! Охотиться на все, что движется, — это кошачий природный инстинкт.

Те существа, которые разучились убивать ради насыщения, бездарные слабаки! Но Сатору — человек, он не в состоянии понять эту истину. Что толку объяснять.

— А Нана хороший охотник?

— Не то слово! Он тут недавно голубя изловил, когда бедняга залетел к нам на крыльцо.

Да-да, верно говоришь. Изловил, потому что эти твари совсем обнаглели на человеческой территории. И мне захотелось хорошенько их проучить, хоть разок. А Сатору с полными слез глазами твердит мне одно и то же: «Ну зачем ты их убиваешь, ведь ты же не станешь их есть?» И мешает мне охотиться во время прогулок.

А не ты ли, Сатору, сетовал, что голуби обгадили выстиранные вещи, которые ты повесил сушиться? Вот я и подумал: «Если я отважу этих тварей, и Сатору порадуется, и я поохочусь — в буквальном смысле „одним ударом двух птиц"! Чем же ты недоволен? И кстати... после того случая ни один голубь не осмелился залететь к нам на крыльцо! Только я что-то так и не услышал слов благодарности.

— С этим голубем была потом куча проблем. Ну, воробья или мышь можно закопать в кустах рядом с домом, но голубь слишком большой... его не так легко спрятать. В итоге пришлось похоронить его в парке. Если кто-то видел, как тридцатилетний мужик закапывает голубя, точно заподозрил меня в чем-то таком, нехорошем.

— В наше время много странного в мире.

— Да уж. Пока закапывал, без конца оправдывался перед прохожими: «Простите, но это не я, его убил мой кот». Знаешь, люди смотрели на меня очень недобро. Это был единственный случай, когда я не взял Нана с собой на прогулку.

Подумать только! Сколько у тебя было проблем... Тем более надо было взять меня с собой. Но Сатору мне об этом ничего не говорил, так что я не собираюсь извиняться.

— Похоже, Нана не такой ручной, как Хати.

— Иногда он бывает очень ласковым. Когда мне плохо или настроение — дрянь, он всегда ложится под бочок...

Ну, ведь в такие моменты мне тоже не больно-то радостно.

— Иногда мне кажется, что он понимает человеческую речь. И еще он очень умный.

Зато эти двуногие, которые думают, что коты их не понимают, глупы как пробка!

— Хати тоже был очень ласковым. Когда я прибегал к тебе после очередной взбучки отца, он всегда забирался мне на колени и не хотел слезать.

— Он чувствовал, когда человеку плохо. Если родители ссорились, он всегда приходил к тому, кому доставалось больше.

— Нана такой же?

— Безусловно. Он очень добрый.

Ну вот, и до меня добрались. Похвалил наконец. Хати, похоже, был хороший кот, но все эти славословия... Хати то да Хати се... Он ведь умер, верно? Может, мне тоже нужно умереть, чтобы и меня так расхваливали?

— Ты прости меня, — сказал вдруг Коскэ. — Я тогда должен был взять у тебя Хати...

— А что мы могли поделать?

По тону Сатору было понятно, что он не держит обиды, а вот Коскэ... Весь его вид говорил о том, что его обида не прошла.

* * *

Хотя Хати жил в семье Сатору, половину его воспитания Коскэ взял на себя. Всякий раз, приходя к другу, Коскэ играл с Хати. Бывало и так, что Сатору брал Хати с собой, собираясь в гости к Коскэ.

ХРОНИКА ПЕРВАЯ

Сначала отец Коскэ был категорически против кота в доме, и они играли в гараже, но вскоре мама Коскэ стала пускать их в дом, разумеется кроме студии. Тогда и отец постепенно смягчился и даже привык. Поначалу он строго следил, чтобы кот не точил когти о стены и мебель, но потом стал проявлять к Хати некоторый интерес.

Коскэ очень жалел, что Хати не его кот, но был рад и тому, что отец стал к котенку добрее. Ему казалось, что отец хотя бы отчасти понял его и сделал шаг навстречу. И даже надеялся, что если он найдет еще одного котенка, то теперь-то уж ему разрешат принести его в дом.

Потому что, когда в доме живет твой собственный кот, это совершенно меняет дело.

Когда Коскэ оставался на ночь у Сатору, они спали в его комнате на разложенных рядышком футонах[1], и порой Коскэ будили мягкие прикосновения кошачьих лап. Это Хати перебирался через Коскэ к Сатору. Что может быть прекраснее ощущения легких кошачьих лап посреди ночи?

Коскэ приподнимал голову и смотрел, как Хати засыпает, свернувшись клубочком на груди у Сатору. Тому, видимо, становилось трудно дышать, и он, не просыпаясь, снимал Хати с груди и клал рядом с собой. Счастливчик! Если бы Хати принадлежал Коскэ, он бы

---

[1] *Футон* — толстый хлопчатобумажный матрас, на котором ночью спят на полу, а утром убирают в шкаф.

каждую ночь спал вместе с ним — и пусть себе топчется по нему своими мягкими лапками сколько угодно.

— Кажется, отец полюбил Хати... и если мы найдем еще одного котенка, он, может быть, позволит мне взять его себе.

— Здорово! Тогда у Хати появится друг!

Эта идея привела Сатору в восторг, и теперь по пути из бассейна домой он внимательно осматривал окрестности в поисках еще одной коробки с котенком.

Но под столбом с картой микрорайона больше не оставляли коробок с котятами.

Это было и к лучшему, что никто не выбрасывал бедных котят. Потому что, даже если бы они и нашли еще одного котенка, отец Коскэ ни за что не позволил бы взять его в дом.

Прошло два года с того дня, как Хати поселился у Сатору. Коскэ и Сатору теперь учились в шестом классе начальной школы[1].

Осенью школа организовала для их класса экскурсионную поездку в Киото. Три дня и две ночи. Коскэ мало интересовали храмы, они все казались ему одинаковыми, но жить в чужом городе вместе с друзьями — это было здо́рово! А еще Коскэ дали с собой довольно крупную сумму на карманные расходы, о которой он даже и не мечтал, — теперь можно было накупить

---

[1] Учеба в начальной школе в Японии продолжается шесть лет, далее три года — в средней школе и три года — в старшей.

сувениров. Коскэ и себе хотелось много чего купить, но в первую очередь нужно найти подарки для отца и мамы. Он всю голову сломал, пытаясь распределить бюджет.

...Они стояли у лавки с сувенирами. На лице у Сатору было написано страдание.

— Ты чего? — спросил Коскэ.

— Да вот, думаю, какую выбрать. — Сатору разглядывал прилавок с косметикой, где лежали упаковки матирующей бумаги для лица, самых разнообразных оттенков. — Мама попросила меня купить ей, но я забыл, какую именно...

— А они что, разные? Разве они чем-то отличаются? Вроде все одинаковые.

Однако Сатору все не мог решиться, и тогда Коскэ предложил:

— Ну, может, для мамы потом купишь?

— Да, лучше я сейчас куплю подарок для папы, — согласился Сатору.

— Вот и правильно. Я тоже хочу купить что-нибудь для отца.

Они обошли еще несколько лавок. Коскэ первый решил, что купить. Держатель для ключей с брелоком в виде манэки-нэко[1]. С флажком за спиной, на котором было написано «Удача в делах, торговле и бизнесе». В подарке был

---

[1] *Манэки-нэко* (букв. «приглашающая кошка», также известная как «кошка удачи») — керамическая или фарфоровая фигурка кошки с поднятой вверх лапой. Часто выставляется в витринах магазинов, окнах кафе и т. д. Считается талисманом удачи.

тайный смысл — Коскэ надеялся, что отцу станут нравиться кошки.

— Отлично! — Сатору горящими глазами разглядывал забавную мордочку кошки. — Но у нас нет своего семейного бизнеса. Так что надпись как-то не очень...

— Да там полно фигурок с другими надписями! — возразил Коскэ.

Сатору остановился на двух, наименее сомнительных, вариантах — «Здоровье превыше всего» и «Безопасность на дорогах». Была еще третья, «Безопасность в доме», но Сатору не очень понял ее смысл.

В итоге он выбрал брелок для ключей с надписью «Безопасность на дорогах», потому что кошка на кольце чем-то напоминала Хати.

В тот день он так и не вспомнил марку матирующей бумаги для мамы и сказал, что купит ее на следующий день.

Наступил второй день путешествия.

Однако после обеда Сатору куда-то исчез. Когда все собрались, учитель сказал: «У Миявaки-кун[1] неприятности дома, он уехал пораньше».

— Бедный Сатору!

Все принялись сочувствовать, представив себя на месте Сатору. Какая жалость — вернуться домой в середине поездки!

— Савада-кун, ты не знаешь, что случилось?

---

[1] *-кун* (*яп.* «ты») — более «теплый», чем «-сан», но все еще подходящий для формального обращения суффикс.

Но Коскэ тоже не знал. Сатору уехал, ничего не сказав ему — лучшему другу. Похоже, случилось что-то серьезное.

(Сатору, а ты ведь так и не купил подарок для мамы, только для отца успел найти. Твоя мама обидится...)

Внезапно Коскэ осенила идея.

Он сам купит эту бумагу, как она там называется, для мамы Сатору! Но как узнать, какую марку ей нужно?

Пока Коскэ ломал голову, они приехали в Кинкакудзи[1]. Сияющий Золотой павильон был необычен и странен и совсем не походил на те скорбные строгие храмы, что они посетили ранее.

Все дружно решили, что «это безвкусно и кричаще». «Жаль, что Сатору нет с нами», — с болью в сердце подумал Коскэ.

Когда по расписанию настало «свободное время», Коскэ наткнулся на двух одноклассниц, что-то возбужденно обсуждавших в сувенирной лавке. Тут его вновь осенило. Эти должны знать все про бумагу! Девчонки же ее используют!

— Послушайте! — окликнул Коскэ щебетавших, словно две веселые птички, девиц. — Подскажите мне марку матирующей бумаги для лица! Ну, какую-нибудь очень известную.

— «Ёдзия», «Ёдзия»! — хором завопили обе. — Она есть тут в одном магазинчике неподалеку.

---

[1] *Кинкакудзи*, или *Золотой павильон*, — известный буддийский храм в Киото. Два верхних этажа павильона покрыты листами сусального золота.

Девицы как раз направлялись туда, и Коскэ увязался за ними.

Самая дешевая матирующая бумага стоила больше трехсот иен, Коскэ даже начал колебаться, прикидывая, сколько денег у него после этого останется.

...Но ведь Сатору пришлось уехать в середине поездки! Какая жалость! Сатору — самый близкий его друг. Он, наверное, переживает, что не успел купить бумагу для мамы, и из-за этого страдает даже сильнее, чем из-за преждевременного отъезда. Только он, Коскэ, способен это понять.

И Коскэ купил упаковку этой самой бумаги, с нарисованной на обертке куклой кокэси[1], хотя совершенно не понимал, что тут такого ценного. Пакетик был такой крохотный и тонюсенький, что Коскэ даже усомнился, что мама Сатору действительно будет рада подарку. Но ведь Сатору собирался его купить...

— Савада-кун! Это тебя твоя мама попросила?

— Нет, это попросила мама Сатору, он как раз искал такую... но не успел купить, уехал.

— Ты молодец, Савада-кун! — восхитились девчонки, и у Коскэ стало радостно на душе. — Маме Мияваки-кун она точно понравится! Очень известная марка!

— В самом деле известная? — удивился Коскэ и с облегчением вздохнул. Теперь он больше

---

[1] *Кокэси* — японская расписная деревянная куколка, состоящая из круглой головы и туловища-цилиндра (без рук и ног).

ХРОНИКА ПЕРВАЯ

не сомневался, что мама Сатору обрадуется подарку, несмотря на то что пакетик такой тонкий.

«Надо было купить такую и для моей мамы», — подумал он. Однако он уже купил ей подарок, еще вчера. Покупка двух подарков будет расценена как расточительство. И если он привезет маме два подарка...

Коскэ живо представил себе лицо отца и отказался от этой идеи.

На третий день путешествие подошло к концу и все вернулись домой.

— Вот и я! — приветствовал родителей Коскэ, войдя в дом. Он достал подарки и уже собирался рассказать о поездке, но отец грубо оборвал его:

— Хватит тараторить!

Коскэ даже опешил — какая несправедливость! Ведь он всего-навсего хотел подарить подарки, а его обругали. Никого из его класса так не встречают дома! При этой мысли к глазам подступили слезы.

Но тут мама повернулась к нему с каким-то странным выражением на лице:

— Скорее переодевайся, мы идем к Сатору-кун.

— Сатору уехал раньше времени, что-то случилось?

Мама потупилась, подбирая слова, но отец обошелся без церемоний.

— У Сатору-кун ушли родители! — Голос у него был как будто рассерженный.

«Ушли родители». Эти слова не складывались в понятную картину, в голове у Коскэ был полный туман.

— Умерли! — рявкнул отец.

Тут до Коскэ дошло, и слезы хлынули ручьем. Казалось, им не будет конца.

(Сатору... Сатору, Сатору! Что же это такое? Накануне поездки в Киото они играли у него в доме. С Хати. И мама Сатору сказала, провожая его: «Завтра у вас экскурсия, рано вставать, тебе надо поскорее вернуться домой. С Хати вы всегда успеете поиграть!» Как же было больно Сатору, когда он один возвращался домой, зная, что мамы с папой больше нет...)

— Они погибли в автомобильной катастрофе. Ехали на машине и резко повернули, чтобы не сбить мотоциклиста, который выскочил буквально у них перед носом. Мотоциклист остался жив, а вот они... Сегодня прощание, нам нужно пойти.

Мама принесла чистый костюм, и Коскэ переоделся, после чего они втроем вышли на улицу. Но когда дошли до подножия холма, Коскэ вспомнил, что забыл взять одну вещь.

— Что, нельзя потом?!

Отец был в ярости, но Коскэ твердо стоял на своем. Пусть идут без него, он догонит. Ему все же удалось выпросить у отца ключи. И он помчался обратно, на бегу услышав, как отец в сердцах пробормотал:

— Что за балбес, вечно у него какие-то фантазии.

ХРОНИКА ПЕРВАЯ

Прощание проходило не в доме Сатору, а в районном зале для собраний.

Две женщины, одетые в черное, суетливо сновали между пришедшими. Два гроба стояли на алтаре, рядом сидел одетый в черное Сатору.

— Сатору! — окликнул его Коскэ.

Сатору кивнул в ответ с отсутствующим видом. Казалось, что мысли его витают где-то очень далеко.

— Вот! — Коскэ достал из кармана пакетик с матирующей бумагой. Это за ним он бегал домой, из-за него получил обидное замечание от отца. — Тут бумага, которую хотела твоя мама. Марка называется «Ёдзия».

И тогда Сатору вдруг заплакал навзрыд. Только потом, повзрослев, Коскэ узнал слово «стенания» и понял, что оно означает.

К ним подошла женщина в черном. Очень молодая. Моложе, чем мама Сатору. Она что-то сказала Сатору, погладила его по спине. По ее жестам было понятно, что она близкий Сатору человек.

— Ты друг Сатору? — спросила она у Коскэ.

Коскэ выпрямился во весь рост и кивнул.

— Ты можешь отвести Сатору домой? Ему нужно передохнуть. Он сейчас первый раз заплакал за все это время.

«Это он из-за меня заплакал», — подумал Коскэ. Но он же не хотел так сильно расстраивать Сатору!

Однако женщина в черном улыбнулась ему опухшими от слез глазами.

— Спасибо тебе!

Коскэ за руку отвел Сатору домой. По дороге Сатору несколько раз вырвало. И он безостановочно бормотал что-то невнятное:

— Запоздал амулет для папы... У этой манэки-нэко надпись «Безопасность на дорогах», только не помогло... а для мамы не было подарка, так что спасибо, что купил...

Только Коскэ мог разобрать эти слова. Человеку со стороны причитания Сатору показались бы бессвязными завываниями.

Дома в прихожей их встретил Хати. Он нисколько не испугался воющего, словно звереныш, Сатору и пошел в гостиную, словно приглашая мальчиков за собой. В гостиной Сатору обессиленно сел на татами[1], и Хати тут же забрался к нему на колени и стал лизать ему руки. Это давно, когда они только подобрали Хати, он был маленьким беспомощным котенком, теперь же он был гораздо взрослее Сатору.

На похоронах Коскэ все время находился рядом с той молодой женщиной в черном. Остальные были родственники семьи Сатору, однако, похоже, не столь близкие.

Одноклассники Сатору тоже пришли, чтобы воскурить свечи и помолиться об усопших. Все девочки плакали, но Сатору приветствовал их с каменным лицом, не проронив ни слезинки.

---

[1] *Татами* — традиционные плетеные маты, которыми устилают полы в японском доме.

ХРОНИКА ПЕРВАЯ

Коскэ был восхищен выдержкой Сатору. Но он чувствовал, что Сатору не здесь, он где-то далеко-далеко.

Случись подобное у Коскэ — одновременно умерли бы и мама, и папа (пусть даже отец называет Коскэ балбесом), — Коскэ не сумел бы так хладнокровно держаться.

После похорон Сатору так и не вернулся в школу. Каждый день Коскэ приходил к нему домой, чтобы сообщить ему домашние задания, и потом они молча играли с Хати. Затем Коскэ шел к себе домой.

Та молодая женщина все это время находилась в доме Сатору, оказалось, что она — его тетя, младшая сестра мамы Сатору.

«Интересно, теперь Сатору будет жить с ней?» — гадал Коскэ. Он заглядывал к Сатору даже в те дни, когда не было домашних заданий. Тетя Сатору помнила, как его зовут, и встречала всегда приветливо, однако была гораздо сдержанней оживленной, общительной мамы Сатору, и Коскэ всякий раз казалось, что он попал в незнакомый дом.

— Мы переезжаем, — проронил однажды Сатору. Тетя решила забрать его к себе, но она живет далеко, в другом городе.

Коскэ смутно предчувствовал такой поворот событий с той поры, как Сатору перестал ходить в школу, однако, когда это произошло, его сердце чуть не разорвалось от боли.

Он понимал, что бесполезно что-то говорить и что это ничего не изменит. Он молча погладил Хати, лежавшего на коленях Сатору, и Хати принялся нежно облизывать его руки.

— Вы ведь возьмёте Хати с собой?

(Если они возьмут с собой Хати, Сатору не будет так плохо. Он будет не один на новом месте.)

Но Сатору покачал головой:

— Я не могу взять Хати. Тетя все время переезжает, у нее работа связана с поездками.

У Сатору было такое выражение лица, будто он тоже понимал, что ныть и жаловаться бесполезно.

«Ну-у, это уже как-то слишком», — подумал Коскэ.

— А что будет с Хати?

— Дальние родственники возьмут его к себе, они согласились.

— А ты хорошо их знаешь?

Сатору снова покачал головой.

Горячая волна негодования вскипела в груди у Коскэ: «Как можно отдавать Хати в чужие руки? Хати, который так ласково лижет руки Сатору?»

— Я... я спрошу у родителей, может, они позволят забрать Хати к нам.

(Ведь Коскэ не меньше Сатору заботился о Хати все это время! И если теперь Хати будет жить у него, то Сатору сможет приезжать к Коскэ повидаться с Хати. Отец последнее время стал мягче относиться к Хати. Не то что тогда, когда Коскэ впервые принес котенка домой.)

Как оказалось, позиция отца Коскэ нисколько не переменилась.

— Я же сказал, никаких котов!

— Но ведь у Сатору умерли папа с мамой! Ты только представь — каково ему отдавать Хати чужим людям!

— Это не чужие люди. Они его родственники.

— Но Сатору говорит, что совсем их не знает...

(Дальние родственники, которых Сатору вряд ли когда-то увидит, все равно что чужие! Неужели взрослым это не понятно? И что друзья всегда ближе!)

— Во всяком случае, я запрещаю. Кошки иногда живут по десять — двадцать лет. Ты что, хочешь взвалить на себя такую ответственность?

— Да!

— Как может человек, не заработавший еще ни гроша, делать такие заявления! Не смей мне дерзить!

Тут уже мама решила, что все это перебор, и встала на сторону Коскэ, однако отец был неумолим.

— Мне очень жаль Сатору, но его кот... одно к другому не имеет отношения. Ступай и скажи ему, что тебе запретили дома!

Так и не сумев переубедить отца, Коскэ поплелся к Сатору, обливаясь слезами. Он с трудом волочил ноги, поднимаясь по склону к дому Сатору.

Когда они подобрали Хати, Сатору сделал все, что было в его силах, чтобы Хати жил у Коскэ. Ничего путного из этого не вышло, но Сатору бился как лев, до последнего.

Кончилось это тем, что Хати достался Сатору.

— Прости меня, — едва выговорил Коскэ, низко опустив голову. Слезы текли у него по щекам. — Отец запретил мне взять Хати.

Никогда еще Коскэ не было так стыдно.

(Отец, неужели ты не понимаешь, как много для меня значит Сатору? Ты не позволил взять кота моего лучшего друга! Я ненавижу тебя за это!)

— Ничего! — Сатору улыбнулся сквозь слезы. — Спасибо, что спросил.

В день отъезда Коскэ пришел проводить Сатору. Невероятно, но его отец тоже явился.

— Разумеется, я пойду, — сообщил он, — ведь Сатору частенько бывал у нас в доме, он нам не чужой.

«И это после того, как он запретил взять Хати! Как можно так бессовестно себя вести, — возмущался Коскэ. — И ему даже нисколечко не стыдно...»

Именно в тот день Коскэ впервые испытал чувство глубокого презрения к отцу.

Сначала Коскэ с Сатору писали друг другу и перезванивались очень часто, но время шло, общение становилось все реже и реже. Частично причина заключалась еще и в том, что Коскэ было мучительно стыдно, ведь он не смог помочь Сатору с Хати. Если бы они виделись чаще, возможно, чувство неловкости постепенно исчезло бы, но отсутствие встреч усугубляло чувство вины.

Тем не менее они продолжали обмениваться новогодними поздравлениями, и их отношения надолго не прерывались.

В письмах каждый непременно выражал надежду, что когда-нибудь они встретятся снова. Так продолжалось и в старших классах школы, и в университетские годы. Но чем больше откладывалась эта встреча, тем призрачней становилась ее перспектива.

На День совершеннолетия[1] приехали многие одноклассники Коскэ и Сатору. Некоторые добирались из других префектур. Но Сатору среди них не было. Коскэ не знал, где он отмечал свое двадцатилетие.

Все очень радовались и никак не могли забыть ту встречу, даже начали изредка приезжать в гости.

Для создания Клуба старшеклассников возраст был еще не вполне подходящий, а вот для Клуба учеников младших или средних классов — в самый раз. Все жаждали повспоминать счастливое детство.

---

[1] *День совершеннолетия* — государственный праздник в Японии, отмечается во второй понедельник января (до 2000 года — 15 января). Совершеннолетними считаются молодые люди, достигшие двадцатилетнего возраста.

В итоге они решили создать Клуб выпускников шестого класса и пригласить туда всех, кто в нем учился. Коскэ стал его секретарем, потому что он остался жить в том городе, где была школа, и мог связаться с теми, кто перебрался в другие префектуры. На встречу решили пригласить всех учеников их шестого класса.

Коскэ сразу подумал о Сатору и послал ему приглашение. И как секретарь клуба, настойчиво попросил его приехать. Сатору позвонил в ответ. Голос у него совершенно не изменился, и они долго болтали, как будто расстались только вчера.

Сатору все говорил и говорил, как будто хотел наверстать упущенное.

— Отлично поболтали! Ну, пока! — сказал он на прощание и повесил трубку. Однако тут же перезвонил: он забыл дать ответ, разумеется, он придет на встречу клуба.

После этого их отношения оживились, они стали встречаться по нескольку раз в году. Сатору жил в Токио, но теперь они были взрослые, и расстояния перестали иметь такое значение, как когда-то.

Сатору после окончания университета остался работать в Токио, Коскэ закончил местный университет и жил и работал там, где родился.

Фотостудию отец передал ему года три назад.

Несмотря на то что Коскэ вырос, они с отцом так и не нашли общего языка, и когда у отца пошатнулось здоровье, тот закрыл ателье и переехал жить в сельскую местность — в пригород. Он был из семьи землевладельцев и имел в собственности несколько земельных участков.

Некоторое время студия простаивала без дела, потом отцу надоело тратить деньги на ее содержание, и он решил избавиться от обузы. Во всяком случае, он неоднократно грозился исполнить свое намерение. И Коскэ каждый раз охватывала грусть.

Он вырос в доме при фотостудии, в окружении фотографий. Отец, обычно вспыльчивый и деспотичный, становился на удивление добрым и терпеливым, когда учил Коскэ фотографировать, и даже дарил ему старые камеры. Коскэ многому у него научился, понял, как правильно делать снимки — во всяком случае, в отцовской манере. Когда он подрос, то стал помогать отцу на съемках.

Только занимаясь фотоделом, они могли общаться друг с другом как отец и сын. Продажа студии означала одно: связывающая их ниточка оборвется и они начнут еще яростней воевать друг с другом.

Этого никак нельзя было допустить. Коскэ посоветовался с женой и обратился к отцу с просьбой передать студию ему, поскольку со службой у него все равно не клеится.

К его вящему удивлению, отец так обрадовался, что едва не расплакался. Коскэ даже подумал, что хоть теперь что-то изменится к лучшему.

— Но это были иллюзии... — со злостью сказал он.

— Вы так и не сумели поладить? — спросил Сатору.

— Наверное, не нужно было мне стараться быть почтительным сыном — при таком властном и эгоистичном отце.

Когда Коскэ открыл свою фотостудию, отец начал вмешиваться и поучать.

Он диктовал Коскэ, как вести дела, как развивать бизнес и вообще руководить процессом. Хуже того, он давал непрошеные советы жене Коскэ.

Например, велел ей поскорее родить наследника, чтобы было кому передать дело. А она не могла забеременеть очень долго. Страшно переживала. Мать попросила отца быть деликатнее и выбирать слова, но его еще сильней понесло — упрямство у него в крови. Наконец им удалось зачать ребенка. Это было в прошлом году. Однако в первом триместре, когда все так неустойчиво, у его жены случился выкидыш... Она и так убивалась, а тут еще отец «утешил»: «Ну ладно, зато мы теперь, по крайней мере, знаем, что ты не бесплодна!» Коскэ был просто в шоке!

(И этот человек — мой отец?! Сколько раз в детстве я задавался одним и тем же вопросом! С того самого дня, когда он пришел проводить Сатору, хотя накануне отказал насчет Хати! С бесстыжими глазами...)

— После того скандала жена вернулась к своим родителям. Бросила меня. Ее родители тоже, разумеется, возмущены. Сколько раз пытался извиниться, они и слушать не хотят. Однако с отца как с гуся вода, он только и сказал: «Современные молодые женщины чересчур чувствительны». Иногда мне хочется, чтобы он умер! — выпалил Коскэ и тут же спохватился: — Прости, что сказал такое.

«А вдруг я унаследовал от отца его бесчувственность?» Эта мысль привела его в ужас.

— Да не переживай ты, — рассмеялся Сатору, — в семьях бывают разные отношения. Я никогда не желал смерти своим родителям. Но если бы у меня были другие, не знаю, что бы я чувствовал... На твоем месте, Коскэ... Не уверен, что смог бы любить такого отца. — Сатору вдруг расхохотался. — Некоторым вообще противопоказано иметь детей. Да и нет никаких гарантий, что дети и родители будут любить друг друга... — (Несколько неожиданное заявление для Сатору, у которого так рано погибли отец и мать.) — Надеюсь, твоя жена скоро вернется.

— Не уверен...

Дело было даже не в том, что ее оскорбил свекор. Ей стал противен муж, который никогда не может дать отпор своему отцу. У Коскэ вошло в привычку молча сносить отцовскую ругань и насмешки. Условный рефлекс, выработанный в детстве. Когда отец оскорбительным тоном предъявлял ему нелепые обвинения, Коскэ терялся, робел и лишь бурчал в ответ что-то невразумительное.

— Неужели он до сих пор позволяет себе такое?

— Сейчас у нас очень мало клиентов. Это прежде здесь были толпы народа, люди устраивали фотосессии по всем торжественным случаям. Времена были другие. Но отец считает, что дело во мне, это я недоумок, не умею работать. Что за мной глаз да глаз. Мол, ему пора снова взять все на себя. И я это глотаю, у меня никогда не хватает духу сказать что-то в ответ.

* * *

...А вот я не такой! Если мне что-то не нравится, могу твердо сказать «нет». НЕТ значит НЕТ! Вот такой я кот. И что это за глупая затея — взять меня, чтобы вернуть жену, которая любит котов?! *Клянусь своей кошачьей честью, я скажу ему твердое НЕТ!*

— Как там Нана? Освоился немного?

Коскэ встал с дивана и подошел к переноске.

— Иди-иди сюда, иди!

Вот только попробуй насильно вытащить меня отсюда! Я так расцарапаю тебе физиономию, что она будет в клеточку, месяца три сможешь играть на ней в шашки!

— Кис-кис-кис!

Коскэ просунул в переноску руку. Я зашипел и оскалил зубы.

Стоп, тут красная линия!

Коскэ быстро отдернул руку:

— Э-э, он не хочет вылезать!

— Похоже на то. А знаешь... — задумчиво протянул Сатору. — Мне кажется, если уж ты решил завести кота... будет лучше, если вы с женой поищете себе нового.

— Что ты хочешь этим сказать?

— Если ты возьмешь моего кота, это будет повторение истории. Как будто ты снова умоляешь отца оставить Хати.

— Да он уж и не помнит, что отказался взять Хати, я уверен.

— Но ты-то помнишь.

Коскэ промолчал.

То-то же! Не хочу отрицать, что Коскэ решил взять меня из благороднейших побуждений, во имя дружбы с Сатору. Но при этом замечу, что мое сходство с Хати наводит на мысль о призраках прошлого... А также нельзя сбрасывать со счетов желание вернуть жену, сбежавшую из-за его несносного папаши, хотя сам Коскэ в этом не признается.

— Думаю, ваш новый кот не должен никому ни о чем напоминать.

Коскэ надулся, как обиженный ребенок.

— Я правда любил Хати. И хотел тогда взять его к нам.

— Они очень похожи, но Нана — это Нана. Он совершенно другой, не такой, как Хати.

— Но ты же сам сказал, что это был перст судьбы, когда нашел Нана! Потому что они с Хати похожи как две капли воды. Если это судьба для тебя, значит и для меня тоже!

О-о-о! Эти двуногие... Почему они так плохо соображают, даже став взрослыми? Ужас какой-то!

— Мой Хати умер, когда я учился в старших классах. А твой Хати, Коскэ, до сих пор жив...

Это верно. Сатору принял смерть Хати и смирился с ней. И Хати занял в его душе свое место. Потому-то мы с Хати и не мешаем друг другу, у каждого своя ниша. Но ты-то, Коскэ, пока не смирился. Правда? Хотя умом понимаешь, что Хати больше нет. Умершего кота нужно оплакать как подобает, иначе он тебя никогда не отпустит. Даже если ты действительно искренне убиваешься из-за питомца, про которого ничего не слышал много лет, мне сдается, что для скорби немножечко поздновато. И еще. Ты, Коскэ, хочешь сделать из меня замену Хати. Сатору любит меня как кота по имени Нана, а ты хочешь, чтобы я заменил тебе Хати? Так не пойдет. Если добавить к этому твоего неуживчивого отца и уязвленную жену... будет уже чересчур! Я — чрезвычайно мудрый кот, так сказать, выдающийся, и я не намерен взваливать на себя ношу — разбираться в ваших отношениях и участвовать в семейных драмах. Нет уж, увольте!

— Если вы с женой действительно хотите кота... лучше найдите себе своего. Нового. Не позволяйте отцу лезть не в свое дело. Он, возможно, будет брюзжать, но вы не обращайте внимания. И сделайте то, что хотите. Пора уже в этом доме появиться коту.

Коскэ не отвечал, но по лицу было видно, что до него дошло. Поэтому я позволил ему погладить себя на прощание, когда он снова просунул руку в переноску.

Пора тебе освободиться от твоего отца, Коскэ. Бери пример с нас, котов, — мы становимся самостоятельными уже в шестимесячном возрасте.

Сатору поставил переноску в серебристый фургончик. Но все никак не мог расстаться с вышедшим проводить нас Коскэ и все говорил и говорил.

— Да, кстати! — Сатору хлопнул себя по лбу, словно припомнив что-то. — Последнее время многие студии специализируются на фотографиях домашних любимцев, это сейчас страшно модно. Люди хотят иметь красивые снимки своих животных, желающих на удивление много.

Коскэ явно заинтересовала идея:

— А ты уже фотографировал Нана?

— Еще нет. — Сатору задорно улыбнулся. — Но если ты откроешь такую студию, я, пожалуй, приду.

Коскэ рассмеялся:

— Не знаю, как отец переварит это... когда я выдам ему новую концепцию бизнеса.

Сатору сел в машину:

— А помнишь, как ты пригласил меня на встречу класса, когда мне было двадцать?

— Ну, это уже быльем поросло, — улыбнулся Коскэ. — А к чему это ты вдруг?

— К тому, что я еще не говорил тебе, как тогда обрадовался.

— Да будет тебе, ерунда, — отмахнулся Коскэ.

— Нет, в самом деле, я тебе так благодарен, — не унимался Сатору. — Я даже не думал, что у меня когда-нибудь будет повод приехать сюда.

Наконец они распрощались, и машина поехала.

Не снимая рук с руля, Сатору обернулся ко мне.

— Я решил, что Коскэ лучше взять другого кота, — сказал он. — А тебе, Нана, мы найдем человека, на которого я смогу полностью положиться.

Без проблем. Я и не просил тебя об этом. А вот если бы ты попытался оставить меня там насильно, представляешь, что бы я сделал с тобой и с Коскэ? Я бы так изодрал ваши физиономии, что вы оба ходили бы в клеточку полгода — как минимум!

Сатору снова посмотрел на меня.

— Нана?! — изумленно воскликнул он. — Как ты выбрался из переноски?!

Как-как... А ты и не знал, что задвижка на переноске очень легко открывается лапой? Плевое дело.

— Потрясающе! Значит, ты можешь ее открывать?! Не думал... Надо будет купить тебе другую переноску...

Только это ты и можешь сказать? Но я ведь ни разу не попытался из нее улизнуть, даже когда ты возил меня в это жуткое место — в лечебницу.

ХРОНИКА ПЕРВАЯ

— Впрочем, в этом нет нужды. Ты давно знаешь, как открыть дверцу, однако всегда меня слушался.

Вот-вот! Сатору, ты должен благодарить судьбу за то, что я такой исключительно умный кот.

Дотянувшись до бокового окна, я некоторое время изучал мелькавший за стеклом пейзаж. Потом свернулся клубочком на сиденье.

По радио передавали какую-то рок-музыку, низкие басовые звуки неприятно вибрировали в животе. Мне такое не нравится. А вы и не знали, что у котов есть свои музыкальные вкусы?!

Я прижал уши и стал дергать хвостом из стороны в сторону, чтобы привлечь внимание Сатору. Он отреагировал довольно быстро.

— Вот как, тебе это не нравится? Ладно, посмотрим, что там у нас на записи.

Сатору включил магнитолу, и из динамиков полилась легкая оркестровая музыка.

— Мама это очень любила. Поль Мориа[1].

Хм. Совсем недурно. Под эту музыку хорошо представлять вспархивающих голубей. Для котов в самый раз.

— Не знал, что ты любишь машины, Нана. Если бы знал, то брал бы тебя с собой в разные места...

Это ошибочное утверждение — что я люблю машины. Ты что, забыл, меня покалечила

---

[1] *Поль Мориа́* (1925–2006) — французский композитор, аранжировщик классической и популярной музыки, руководитель и дирижер всемирно известного оркестра.

машина! Мне нравится только этот серебристый фургончик. Я облюбовал его еще до встречи с тобой, Сатору.

Интересно, куда еще ты повезешь меня в нем?

* * *

Проводив Сатору и Нана, Коскэ вернулся в дом — и обнаружил имейл в мобильнике. Письмо от жены.

«Так ты взял кота?»

Коскэ хотел написать ответ, но передумал и набрал номер.

У него было предчувствие, что на этот раз жена возьмет трубку.

Он насчитал семь гудков. Счастливое число семь, как в имени Нана.

— Алло? — раздался голос жены. Тон у нее был по-прежнему неприветливый и холодный.

Теперь дело за тобой, Коскэ, — смягчи этот бесстрастный голос! Ну же, скажи что-нибудь бодрое и непринужденное!

— А может, мы сами с тобой поищем — своего кота?..

ХРОНИКА ВТОРАЯ

ЁСИМИНЭ

В тот день в серебристом фургончике снова звучала музыка — точно такая же, как в прошлый раз. Под нее невольно представляешь себе фокусника, выпускающего из шляпы стаю голубей. Сатору сказал, что мелодия называется «Оливковое ожерелье»[1]. А почему в названии нет «голубей»? Если бы я давал название музыке, непременно бы вставил насчет них. Например, «Особые отношения между магическим цилиндром и голубями». Как вам такое?

— Сегодня нам повезло с погодой, что скажешь, Нана?

Сатору был в прекрасном настроении. В дождливую погоду всем котам хочется спать, интересно, а что чувствуют люди — на них погода тоже влияет?

— Когда нет солнца, никакого удовольствия от езды.

Ах вот как! Выходит, для людей погода — вопрос настроения. Двуногие такие беспечные существа, коты же очень сильно зависят

---

[1] Имеется в виду одна из кавер-версий известной песни «El Bimbo», исполнявшаяся оркестром Поля Мориа.

от жизненных условий. А уж для бродячих котов и вовсе погода может быть вопросом жизни и смерти. Да и успех в охоте тоже определяет она.

— Передохнем на следующей заправке.

На сей раз у нас было крайне мало передышек — не так, как в поездке к Коскэ. Сатору сказал, что сейчас мы едем по скоростной автостраде, в сущности, мы остановились по-нормальному лишь один раз, когда Сатору объявил, что мы подъезжаем к автозаправочной станции.

Сатору сказал, что нужно ехать именно по скоростной дороге, если путь неблизкий. И впрямь, путешествие оказалось долгим. Выехали мы вчерашним утром. Ехали весь день, потом заночевали в гостинице, где можно останавливаться с животными.

Поскольку путь оказался дальним, фургончик был поделен на зоны. Извините за такие подробности.

Когда я перебрался с переднего пассажирского сиденья на заднее, Сатору встревожился:

— Что случилось? — Потом обернулся назад. — Ах, извини.

Да-да. У заднего сиденья стоял на полу мой лоток. Новенький, с такой специальной накидкой-балдахином, чтобы наполнитель не рассыпался повсюду. Сатору купил его для нашего путешествия. С таким туалетом теперь можно ездить везде — сколько душе угодно. Я готов путешествовать хоть всю жизнь.

ХРОНИКА ВТОРАЯ

— Нана, мы подъезжаем к заправке.

Ладно-ладно, муркнул я, загребая под себя наполнитель.

Поставив машину на парковку, Сатору достал из багажного отделения мои миски для еды и питья. Поставил их на пол машины. Потом в одну насыпал сухого корма, а в другую налил воды из пластиковой бутылки.

— Я тоже в туалет.

Он поспешно закрыл дверцу и убежал. Похоже, ему сильно приспичило, но сначала он позаботился обо мне, вот какой у меня хороший хозяин.

Для начала я решил промочить горло, но тут в окошко легонько постучали. *Что там опять?!*

Обернувшись, я увидел в окне молодую пару. Похоже, муж и жена. Они так таращились на меня, что прямо к стеклу прилипли. С идиотскими улыбками на лицах.

— Кот!..

Ну да, кот. Кот, который ест сухой корм. Что тут такого особенного?

— Ой, посмотри, он кушает! Какой хорошенький!

— Просто прелесть!

Послушайте, вы, пара недоумков! Вот если бы кто-то тыкал пальцем в вас, когда вы едите? Вам бы понравилось? Небось сразу аппетит бы пропал. А у меня сегодня шикарный обед — со вкусом куриной грудки и морских деликатесов. Объясните мне, как этим кошатникам удаётся мигом меня выследить?! Стоит нам только остановиться, как они тотчас же начинают роиться вокруг! Интересная штука, да? Если б это вы, ребята, давали мне пищу, я был бы с вами любезен — в зависимости от качества угощения. Но меня кормит только один человек — Сатору. Так что позвольте мне сосредоточиться на моей трапезе.

Я проигнорировал парочку и продолжил есть. Поняв, что их внимание меня не радует, парень с девицей, перебрасываясь смешками и шутливо повизгивая, ретировались. Однако буквально через мгновение я снова почувствовал на себе чей-то пронизывающий взгляд. Я невольно поднял глаза.

На сей раз к окну прильнул страшноватого вида дед, похожий на древнее чудище из легенд. *А-а-а!* Я невольно отпрянул, и дед аж в лице переменился. Обиделся...

Да ладно, любой бы шарахнулся, покажи ему во время обеда такую жуткую физиономию! Я не виноват. Тут кто угодно перепугается.

Тем не менее дед не ушел, а все с тем же обиженным видом продолжал пялиться в окно, разглядывая меня.

— Вы любите кошек? — Это голос Сатору. Вернулся.

— Какой хорошенький маленький котеночек... — смущенно ответил дед.

Что-о-о? Хорошенький маленький котеночек?! Мое негодование достигло предела. Я посмотрел на деда и мяукнул.

Сатору улыбнулся и кивнул деду:

— Хотите его погладить?

ХРОНИКА ВТОРАЯ

— А можно?

Дед вспыхнул, как маленькая девочка.

Сатору открыл дверцу. Дед протянул руку и погладил меня, он прямо весь светился. Но тут...

— Вау! Кот!!! Кот!!!

Это верещание исходило от пролетавшей мимо стайки девиц с крашеными белыми волосами и размалеванными темным тональным кремом лицами.

— И мы хотим его погладить! Можно нам тоже?

НЕ-Е-ЕТ!!! Вам-то я точно ничего не должен!

Я оскалился и вздыбил шерсть на загривке.

— У-у-у! Какой противный! Злюка... — завопили девицы.

Их как ветром сдуло.

— Но я так хотела его погладить! — кричала одна на бегу.

— Да ну, с такими бровями... и вовсе он не хорошенький!

ЧТО-О?!! От такого несправедливого оскорбления я даже пасть открыл. Потом поднял верхнюю губу и показал зубы.

— Что ты, что ты, Нана! Ты очень-очень хорошенький! — поспешно заверил меня Сатору. — Это они вульгарные и безвкусные, у них свои представления о красоте. Это же гяру![1] Простим их!

---

[1] *Гяру*, или gal (от *искаж. англ*. girl — девушка) — японская молодежная субкультура, возникшая еще в 70-е гг. прошлого века. Ее представительницы имеют особые представления об идеалах красоты, любят чрезмерно яркую модную одежду и кричащий макияж.

— Он и вправду очень хорошенький, — подтвердил дед. — Вы сказали, его зовут Нана?

— Да, когда он держит хвост крючком, он у него похож на цифру семь.

Вообще-то, нет никакой необходимости посвящать в тайны моего имени малознакомых лиц, однако Сатору почему-то всегда считал себя обязанным всем все объяснять.

— Похоже, ему не нравится, когда его трогают?

— Да, Нана очень щепетилен в своем выборе, не каждый может его погладить.

— Понимаю, — задумчиво протянул дед и широко улыбнулся. Потом еще раз погладил меня и ушел.

— Что-то не узнаю тебя, Нана, — заметил Сатору. — Ты позволил погладить себя случайному прохожему?

Да. Как бы тебе объяснить? Я исправил свою ошибку, ну, в общем, искупил вину. И не будем углубляться в детали.

Наш серебристый фургончик катил по шоссе, когда я, встав на задние лапы, снова посмотрел в боковое окно. Море!

— Нана, тебе понравится море.

Я родился вдали от моря и до этого момента видел его только на экране телевизора. Но вот так, вживую, прямо из окна машины — впечатляющее зрелище.

Море было глубокого зеленого цвета и играло бликами, но больше меня взволновала романтическая мысль о том, что под этой зеленой поверхностью, в толще воды плавают существа, из которых делают мой любимый корм. При этой мысли у меня даже слюнки потекли.

— Давай подъедем к берегу и хорошенько рассмотрим море, если ты будешь со мной на обратном пути.

Что? К самому морю? А вдруг мне удастся поймать какую-нибудь морскую тварь?

Но вскоре море скрылось из виду, и я задремал. Когда я открыл глаза, пейзаж за окном изменился, мы ехали по сельской местности. Машина быстро скользила среди зеленых рисовых полей и овощных плантаций, прямо как жук-вертячка.

— Проснулся? Скоро приедем.

И действительно, вскоре серебристый фургончик подъехал к какой-то фермерской постройке и зарулил во двор. Сам дом выглядел большим, практичным и удобным для жилья. В некотором отдалении виднелся флигель и склад. Во дворе стоял небольшой грузовичок.

Я решил предвосхитить развитие событий и забрался в переноску, стоявшую с открытой дверцей на заднем сиденье. Когда приезжаешь в незнакомый дом, лучше отсидеться в безопасном и привычном тебе месте, так оно надежнее — это я уже хорошо усвоил.

Сатору открыл заднюю дверцу и достал переноску.

— Мияваки! — раздался радостный возглас.

Через прорези в стенке переноски мне было видно, как к Сатору спешит, приветственно махая рукой, человек в рабочей одежде и соломенной шляпе.

— Привет, Ёсиминэ! Сколько лет, сколько зим, — радостно отозвался Сатору. — Отлично выглядишь!

— Само собой! Я же все время на воздухе, вот и здоровею, понятное дело... А ты никак похудел?

— Неужели? Ну, это издержки городской атмосферы. Нездоровый образ жизни и все такое прочее.

Они зашагали к дому.

— Легко нашел дорогу?

— Да, без проблем, теперь с навигаторами это очень просто.

— И все же зря ты решился в такую даль на машине, из самого Токио. На самолете быстрее, да и дешевле бы вышло. По хайвею, наверное, вылетает в кругленькую сумму?

Совершенно с этим согласен. На скоростном шоссе постоянно нужно платить — у шлагбаумов перед платными участками дороги, на бензозаправочных станциях, в гостиницах, где пускают с животными, вроде той, где мы вчера ночевали... пока мы добирались сюда, Сатору то и дело доставал бумажник.

— Да, но на самолете Нана просидел бы всю дорогу в багажном отсеке, там темно и ужасный грохот. Когда-то мне пришлось везти на самолете кота — тогда у меня был другой кот. Он был в стрессе весь день после посадки. Кошкам же непонятно, за что им такое. Я бы очень переживал за Нана.

Ну да, возможно, это действительно стресс, но ведь Хати же его пережил. А я что, слабее? Очень обидно, что Сатору так полагает. Вообще-то, я буду покрепче Хати, в конце концов, мое детство и юность прошли на улице. *И лучше бы ты, Сатору, беспокоился не обо мне, а о потраченных зря деньгах — ведь немалая сумма!*

Ёсиминэ провел нас в гостиную. Сатору поставил переноску в угол и открыл дверцу. Ёсиминэ сел на корточки и заглянул в переноску.

— Я хочу посмотреть на твоего Нана. Можно?

— Конечно, но лучше немного обожди. Нужно время, чтоб он освоился и вылез сам.

— Да ну, ерунда какая!

Ерунда?! Что ты имеешь в виду? Раздумывая над этой фразой, я наклонил голову — и в этот момент в переноску просунулась толстенная рука.

Яяя-а-у!!!

Эта огромная ручища схватила меня за шкирку и бесцеремонно выволокла наружу. Через секунду я висел высоко в воздухе, словно вздернутый на крючке.

Т-т-ты что делаешь, гад?!

— Отлично! Нана — правильный кот. Настоящий!

Что ты хочешь этим сказать?!

— Эй, ты чего?! — Оторопевший Сатору возмущенно стукнул Ёсиминэ по спине. — Ты что вытворяешь?

— Просто хотел посмотреть, какой Нана кот, — пояснил Ёсиминэ, продолжая держать меня за шкирку на весу.

Я лягнул Ёсиминэ задними лапами, пытаясь вырваться, но огромная ручища спокойно приняла удар, даже не дрогнув.

— Ты о чем? Не понимаю!

— Хотел убедиться, что Нана — правильный кот, — продолжая держать меня на весу, повторил Ёсиминэ. — Потому я так держу его, ясно?

— Не надо его так держать!

— Вот, смотри! У него задние лапы не висят, а подтянуты к брюху. Значит, это правильный кот. Настоящий!

Да пусти же меня!!! Я сложил задние лапы вместе и изо всей мочи пнул ненавистную руку, трепыхаясь, как пойманный лосось. Наконец мне удалось вырваться из лап Ёсиминэ.

Кувырнувшись в воздухе, я приземлился на все четыре лапы. Припав к полу, я поднял голову и смело встретил взгляд Ёсиминэ. От восторга тот даже в ладоши захлопал.

— Какой у тебя замечательный кот! Превосходная координация! А какой умный! Выдающийся экземпляр! Я его недооценил...

— Похоже на то, — проворчал Сатору.

Невероятно! Я, конечно, выдающийся кот, но дело не...

— Но... дело не в этом, — в унисон со мной сказал Сатору.

О-о, какая синхронность! Все же мы идеально дополняем друг друга!

— Дело в том... Зачем ты схватил Нана за шкирку? Ты же его напугал.

— Недавно я подобрал котенка. И он оказался никуда не годным котом. Совершенно никчемным. Если б и Нана оказался таким же, какой мне смысл держать его в крестьянском хозяйстве, — вот я и решил проверить.

От злости я даже хвостом задергал — и вдруг почувствовал, как кто-то вцепился в него.

Быстро обернувшись, я увидел перед собой темно-рыжего полосатого котенка. Непонятно, откуда он взялся, но этот нахал, мяукая, грыз мой хвост. *А-ай!!*

Ёсиминэ схватил котенка за шкирку и вздернул в воздух. Задние лапы малыша безвольно повисли.

— Видишь? Это неправильный кот!

И впрямь, в котенке отсутствовало то, чем от природы обладает большинство котов. Это был, что называется, кот, не ловящий мышей. Ну, вроде Хати. Даже если он неустанными тренировками и достигнет относительных успехов, все равно из него не получится прирожденного охотника, подобного мне.

— Он же еще совсем маленький... зачем ты с ним так грубо?

Сатору потянулся к котенку, и тут Ёсиминэ швырнул того прямо ему в руки:

— Держи! Можешь погладить его, если хочешь.

— С удовольствием.

Сатору — законченный кошатник, я уже говорил. Ну и пусть лижется со своим рыжим-полосатым, сколько душе угодно, мне начхать!

* * *

Некоторое время назад на почту Ёсиминэ пришло электронное письмо от бывшего одноклассника Сатору Миёваки, с которым он учился в средней школе. Ёсиминэ как раз вспоминал о Сатору и гадал, как он там поживает.

Очень коротко рассказав о своей нынешней жизни, Сатору перешел к сути дела:

«Извини, что обращаюсь к тебе с просьбой, но не мог бы ты взять к себе моего кота? Это несколько неожиданно, я понимаю, однако...»

Далее следовало, что это очень дорогой для Сатору кот, но некоторые непреодолимые обстоятельства не позволяют ему держать его у себя дальше, и он подыскивает коту нового хозяина.

Из всего вышеизложенного Ёсиминэ уяснил две вещи. Первое — что у его неравнодушного к кошкам друга снова завелся обожаемый кот, и второе — что ему опять приходится с этим котом расставаться.

Дайго Ёсиминэ был в целом безразличен к кошкам — не то чтобы он их терпеть не мог, но и не сказать, что особенно любил. Если б у него жил кот, Ёсиминэ, конечно же, кормил бы его и заботился о нем, но по собственной инициативе заводить котов точно не стал бы. Такое же отношение было у него к собакам и птичкам.

Однако кот в крестьянском доме — это совершенно другое дело, он может приносить пользу. В крестьянском хозяйстве мыши — неизбежное зло, они грызут все подряд, и кот, который будет их гонять, очень кстати.

Ёсиминэ отстукал ответ:

«Вряд ли я буду цацкаться с твоим котом, как ты, я отношусь к кошкам как к животным, а не как к домашним любимцам, и если тебя это не смущает, я его возьму. Если не найдешь других желающих, привози. Я присмотрю за ним, можешь на меня положиться».

Сатору рассыпался в благодарностях:

«У меня уже есть договоренность с одним человеком, и я сначала попробую встретиться с ним, но если ничего не выйдет, я рассчитываю на тебя».

Спустя месяц Сатору снова написал Ёсиминэ и попросил разрешения приехать с котом, повидаться.

По чистой случайности именно в это время Ёсиминэ подобрал на дороге котенка.

— Понимаешь, ехал на грузовике по скоростной автостраде и увидел его. Он валялся на обочине, как тряпка. Я бы потом себе не простил, если бы проехал мимо.

— Да ясное дело.

Сатору млел от удовольствия, держа на коленях тигрового котенка с темно-рыжими полосками. Все кошатники питают особую страсть к маленьким котятам.

— Он такой крошечный... нелегко, наверное, было его выкормить?

— Пришлось несколько раз обращаться к ветеринару. Здесь в округе немало семей, которые держат кошек, соответственно, учителей хватает. Но в сельской местности люди не особенно заморачиваются с вопросами вскармливания. Все стало гораздо проще, когда он начал есть кошачий корм.

— Представляю картинку, как ты поишь котенка молоком из бутылочки! — Сатору прыснул. — А тебе крупно повезло, малыш, что тебя подобрал такой добрый дядя.

— Ну, не очень то я и добрый. Я надеялся, что он будет ловить мышей, хотя бы иногда, когда подрастет, но он оказался никудышным котом, поэтому я немного разочарован.

— Ну а дальше что? Теперь, когда он подрос, ты снова выкинешь его на улицу?

Ёсиминэ отвернулся, явно задетый за живое насмешливым тоном Сатору.

Мой хозяин продолжал гладить котенка.

— Теперь я понимаю, почему ты решил испытать Нана, — заметил он.

— Если бы они оба оказались дрянными котами, то весь этот кошачий корм был бы пустой тратой денег...

ХРОНИКА ВТОРАЯ

— Ты бы в любом случае не отверг Нана, я знаю.

— Как я могу отказать гостю, который ради кота приехал сюда аж из Токио?

— Ну да, ну да, — кивнул Сатору, давая понять, что не верит такой отговорке. — Кстати, а как ты назвал котенка?

— Чатран.

— Ну и глупо.

— Почему?

Ёсиминэ опросил всех владельцев кошек в округе, и все дружно сказали: «Тигровый котенок с рыжими полосками? Рыжий табби?[1] Ну конечно же Чатран!»[2]

Ёсиминэ понравилось имя, и он назвал котенка Чатраном.

— После выхода «Приключений Чатрана»[3] все стали давать тигровым котятам такую кличку.

— Да? А я и не знал.

В это время рыжий табби с глупым именем Чатран совсем разомлел на коленях у Сатору,

---

[1] *Табби* (от *англ.* tabby cat — полосатая кошка) — наименование всех домашних кошек, у которых на шерсти есть рисунок из характерных полос, точек, линий или вихревых узоров.

[2] Разновидность табби темно-рыжего или ярко-коричневого окраса с тигровым рисунком японцы называют «тятора» (букв. «чайный тигр»). От этого словосочетания и образовано имя котенка — Тяторан или, упрощенно, *Чатран*.

[3] *«Приключения Чатрана»*, более известные как «Приключения Майло и Отиса», — японский комедийно-драматический фильм 1986 г. о приключениях двух друзей: рыжего табби Майло (в японской версии — Чатрана) и мопса Отиса (в японской версии — Пускэ).

видимо почуяв истинного кошатника. Он протянул лапку и коснулся ею щеки Сатору.

— Мой прежний кот тоже так делал.

Сатору ни разу не произнес имя Хати в разговоре с Ёсиминэ. Он знал: если назовет имя своего прежнего кота, то сердце его разорвется от любви и горя.

Даже человек, ничего не знающий о всепоглощающей любви к кошкам, способен понять такое.

* * *

Ёсиминэ перевелся в новую среднюю школу весной второго года обучения.

— Это Дайго Ёсиминэ-кун, с сегодняшнего дня он будет учиться вместе с вами.

Классная руководительница была потрясающая красотка, завоевавшая в университете звание Мисс-чего-то-там-такое, однако Ёсиминэ невзлюбил ее сразу. Особенно его взбесил спектакль, который она устроила перед классом, представляя новенького и изображая при этом невероятную симпатию и сострадание. О, ей это удалось!

Возможно, это был ее образ идеальной учительницы, однако Ёсиминэ не считал себя обязанным подстраиваться под чужие идеалы. Стиснув зубы, он вытерпел неукротимый поток ее пылкого сопереживания, однако тут был перебор — она выбрала для своего шоу крайне неподходящий момент.

— Родители Ёсиминэ-кун сейчас очень заняты на работе, поэтому он переехал сюда из Токио и будет жить у бабушки. Но Ёсиминэ-кун настоящий молодец, он хорошо держится, хотя и грустит по родителям. Давайте все будем с ним дружить!

Ёсиминэ сознавал, что ее нелепо-интимная манера общения, скорее всего, объяснялась сочувствием, которое учительница искренне испытывала к нему, однако именно это глубоко уязвило его. Даже ученикам средней школы, еще не знающим жизни, было вполне очевидно, что такие приемы не самый правильный способ знакомства новенького с классом.

— Ёсиминэ-кун, скажи что-нибудь ребятам.

Ёсиминэ повернулся к учительнице:

— Почему вы рассказываете о моей семье без разрешения? Я вас об этом не просил.

Класс загудел. Красивое лицо учительницы исказилось, улыбка мгновенно слетела с него.

— Я... я подумала, что это поможет тебе, Ёсиминэ-кун...

— Нет, вы сделали только хуже. Я хочу, чтобы со мной дружили, но при чем здесь моя семья?

— Да... но... — пролепетала учительница, но было ясно, что из этого положения ей не удастся выйти с честью.

Ёсиминэ обвел глазами ребят:

— Меня зовут Дайго Ёсиминэ. Ничего ужасного в моей семье не происходит, так что прошу относиться ко мне как к обычному ученику.

В классе повисла гробовая тишина. Ёсиминэ настроил против себя всех с самого начала.

— Зачем ты так? — Классная руководительница чуть не плакала. — Я же только хотела, чтоб тебе не было одиноко...

— Куда мне сесть? — поинтересовался Ёсиминэ.

Этот важный вопрос требовал незамедлительного решения, вот он и спросил, но учительница разрыдалась.

В этот момент прозвенел звонок. Классный час закончился. И учительница вылетела из класса, так и не сказав, где будет сидеть Ёсиминэ.

— Садись на свободное место. — Сатору показал на пустующий задний стол.

Ученики с опаской посматривали на Ёсиминэ, и только Сатору без колебаний обратился к новенькому:

— Следующий урок естествознание, это в другом классе, пойдем вместе, я покажу, ты ведь не знаешь, что где.

Ёсиминэ взял свои учебники и тетради и последовал за Сатору.

Смутная мысль не давала ему покоя, и он спросил на ходу:

— Послушай... Ты подошел ко мне из-за этой ерунды, которую наплела училка?

— Вовсе нет! — отозвался Сатору. — Я считаю, что это был просто какой-то детский сад. С обеих сторон.

— И с моей стороны тоже? — уточнил Ёсиминэ.

— Наша классная всегда проявляет неумеренную заботу об учениках, у которых дома какие-то проблемы. Но она это делает из добрых побуждений.

То, как Сатору это сказал, про «неумеренную заботу» и «добрые побуждения», неожиданно вызвало некий отклик в душе Ёсиминэ, словно их с Сатору связывали незримые узы.

— Когда я только-только поступил сюда, она и со мной проделала ту же штуку. Поэтому я тебя хорошо понимаю. Когда я учился в начальных классах, у меня погибли в автокатастрофе родители, сразу оба. И теперь я живу с тетей. Однако у меня нет никакого желания трезвонить об этом на весь свет.

Обстоятельства, о которых так походя сообщил Сатору, были намного серьезней того, что происходило у Ёсиминэ. Несомненно, учительница досаждала ему своим сочувствием куда больше.

— Не надо переживать и плакаться из-за каждого пустяка. Пусть все приходит — и уходит, будь взрослым.

«Как-то чересчур философично для ученика второго класса средней школы», — подумал Ёсиминэ, однако в том, что сказал Сатору, определенно был смысл, и Ёсиминэ не стал спорить.

— Но знаешь, — ухмыльнулся Сатору, — мне понравилось, как ты ей это залепил. Мне тогда тоже ужасно хотелось сказать что-нибудь в этом роде.

— Как тебя зовут? — Ёсиминэ решил сменить тему.

— Сатору Мияваки. Рад познакомиться.

Сатору не добавил «Будем дружить!» или что-нибудь вроде этого, потому что в данный момент они уже были друзьями.

С самого первого дня отношения с классом и классной руководительницей у Ёсиминэ не заладились, однако дружба с Сатору очень ему помогла.

Сатору, открытый и приветливый, был в приятельских отношениях со многими ребятами, поэтому Ёсиминэ, сразу поладив с Сатору, безболезненно влился в коллектив. Ёсиминэ был несколько нелюдим, да и внешность, которой наградила его природа, не располагала к сближению. Так что если б не Сатору, Ёсиминэ остался бы в одиночестве.

Благодаря Сатору Ёсиминэ стал обедать в компании одноклассников. Поскольку легкую беседу он поддерживать не умел, то в основном слушал, но и это уже было достижением.

Сатору также уладил конфликт с обиженной классной руководительницей. Ёсиминэ так и не узнал, что ей наговорил Сатору, только в один прекрасный день учительница окликнула Ёсиминэ в коридоре и со слезами на глазах принесла ему свои извинения.

— Прости меня, Ёсиминэ-кун! Я должна была понимать, как тебе плохо.

Возможно, Мияваки сочинил для нее историю, которая совпадала с ее представлениями об образе идеального педагога, но у Ёсиминэ возникло предчувствие, что сейчас произойдет еще одно ужасное недоразумение. Объяснить все это было невозможно, а потому он, следуя совету Сатору «быть взрослым», ответил только: «Я давно уже не сержусь».

— Не беспокойся, Ёсиминэ-кун, я больше никогда не затрону тему твоей семьи, — добавила учительница.

С «темой семьи» тоже было явное непонимание, только Сатору сразу во всем правильно разобрался, когда Ёсиминэ объяснил ему:

— И мама, и папа очень много работают. Каждый слишком любит свою работу.

Отец Ёсиминэ работал в ведущей компании, производящей электронику, в отделе НИОКР — научно-исследовательских и опытно-конструкторских работ, а мама — в торговой фирме с иностранным капиталом. Оба трудились в поте лица, и Ёсиминэ редко видел их дома. Порой они не общались с ним по нескольку дней кряду.

— А с этой весны они совсем заработались, у них вообще не стало времени на семью. Включая меня.

Мать и отец пытались переложить друг на друга заботу о сыне, а дом за короткое время пришел в запустение.

— Поэтому они решили отправить меня к бабушке, папиной маме, пока ситуация не изменится.

Но Ёсиминэ вовсе не страдал от разлуки с родителями, хотя скучал по прежним школьным друзьям. Он даже не чувствовал себя одиноким, потому что и дома проводил вместе с родителями совсем мало времени.

Они и раньше отправляли его сюда на каникулы, бабушку он любит, поэтому, в сущности, мало что изменилось. И нечего училке было раздувать целую историю. Ничего особенного не происходит, и не нужно его жалеть. Потому что в мире полно детей, у которых все значительно хуже. Вот, например, Сатору... Потерять родителей еще в начальной школе — ужасное дело, но Мияваки всегда бодр и весел, будто забыл об этом.

— Эй, Ёсиминэ! — окликнул его мальчишка из класса, и разговор оборвался. — Не хочешь записаться в секцию дзюдо?

— Нет.

Мальчишка разочарованно скис, однако не отстал и продолжал соблазнять Ёсиминэ перспективами членства в команде на регулярной основе.

— Ну, что скажешь?

— Я же сказал, нет! — отрубил Ёсиминэ, давая понять, что разговор окончен.

Ёсиминэ, с его атлетическим сложением, без конца зазывали в разные спортивные секции, однако он неизменно отвергал все предложения.

— Тебе совсем не интересны школьные секции? — спросил Сатору.

— Я не люблю спорт! — признался Ёсиминэ. Сил у него было много, но отсутствовало желание делать что-либо по правилам.

— Ну а если не спорт, то что бы ты выбрал?

— Был бы здесь садоводческий кружок... я бы вступил.

Бабушка жила в деревенском доме и трудилась в поле, и Ёсиминэ тоже с детства любил копаться в земле. Дедушка умер несколько лет назад, и бабушка сама теперь обрабатывала поле и огород, поэтому Ёсиминэ приходилось помогать и по дому, и в поле, и по хозяйству.

— В школьном дворе есть теплица. В дальнем углу. Интересно, кто-то ее использует?

У Ёсиминэ эта теплица не выходила из головы с самого начала — с того момента, как он перевелся сюда.

— Я никогда об этом не думал. Тебя она интересует? — спросил Сатору.

— Все бабушкины посадки — под открытым небом. Я никогда не работал в оранжереях.

— Я смотрю, тебе действительно нравится сельское хозяйство.

Ёсиминэ решил, что на этом тема исчерпана, однако спустя какое-то время Сатору вернулся к их разговору:

— Я тут выяснил кое-что насчет садоводческого кружка. Пару лет назад он распался, так как не стало членов, все ушли. Но если тебе интересно... В общем, учитель естествознания сказал, что будет вести кружок, даже если в нем будем только мы тобой. И он разрешил нам пользоваться теплицей.

Ёсиминэ тогда удивили две вещи. Первое — что Мияваки сам потрудился навести справки, и второе — что он тоже собрался вступить в кружок.

— Ты тоже хочешь участвовать? — спросил Ёсиминэ.

— Никогда не состоял ни в каких кружках. Но если ты решишь этим заняться, я с тобой. Хочу попробовать.

— Но ведь ты не интересуешься сельским хозяйством.

— Не то что не интересуюсь, просто никогда не имел с этим дела. Не знаю лично ни одного крестьянина.

— Как, совсем никого? А дедушка с бабушкой?

«Истинный городской мальчик», — подумал Ёсиминэ, но Сатору сделал протестующий жест.

— Дело в том, — пояснил он, — что мои покойные родители практически не общались с роднёй. Дедушка и бабушка по материнской линии умерли, когда мама была совсем еще молодая, а отец, похоже, не ладил с семьей. Я впервые увидел их всех на похоронах, и мы толком не поговорили.

Теперь Ёсиминэ стало понятно, почему Сатору взяла к себе тетя. Обычно после смерти родителей внуков забирают дедушки-бабушки, если позволяет здоровье. Это выглядит странно, когда ребенка берет на воспитание незамужняя молодая женщина.

— Надо попробовать, раз подвернулся такой случай, — рассмеялся Сатору, — а то так и умрешь, ничего не зная... Вообще-то, мне давно хотелось пожить такой жизнью — как в мультике «Мой сосед Тоторо»![1]

Сатору с Дайго начали заниматься в садоводческом кружке, и бабушка Ёсиминэ стала приглашать Сатору в дом, поскольку он никогда не жил в крестьянской семье и ему было интересно.

Дом, в котором жил Сатору, принадлежал фирме, однако был почему-то построен прямо посреди сельскохозяйственных угодий и на фоне заливных рисовых полей и огородов выглядел чужеродным элементом. Участок бабушки Ёсиминэ практически примыкал к школе, в которую ходили Сатору с Дайго; еще одна сельская школа была расположена метрах в трехстах на восток, — в общем, окрестный пейзаж был совершенно другим.

Тетя Сатору постоянно пропадала на работе, поэтому он часто сидел целыми днями один, что называется, был типичным «ребенком с ключом на шее», поэтому стал частенько наведываться к Ёсиминэ — поиграть, а позже нередко оставался на выходные.

---

[1] «Мой сосед Тоторо» — полнометражный аниме-фильм 1988 г. о двух девочках, переехавших жить в деревню, и их дружбе с духом — хранителем леса Тоторо.

— Живите дружно, не ссорьтесь, — твердила им бабушка. Все бабушки говорят одно и то же приятелям внуков, когда те приходят в гости. — Скажи мне, Сатору-тян, Дайго ладит в школе с другими мальчиками и девочками? Не хочу, чтобы над моим Дайго издевались.

— Не волнуйтесь, — улыбался Сатору. — Не думаю, что у кого-то хватит смелости издеваться над Ёсиминэ-кун.

— Что ты хочешь этим сказать? — Ёсиминэ с ухмылкой тыкал Сатору локтем в бок.

Сатору в ответ тоже тыкал Ёсиминэ локтем, мол, сам знаешь!

Бабушка очень беспокоилась, что в новой школе Ёсиминэ не заведет друзей, а потому была счастлива, когда внук стал приводить в дом Сатору. Очень скоро она стала звать его просто по имени — Сатору-тян.

— Может, вам купить какую-нибудь видеоигру? — как-то спросила она.

Сатору много времени проводил в поле и на огороде, и бабушка волновалась, что он заскучает.

— Да у меня куча этих игр! И у Мияваки тоже, — ответил Ёсиминэ.

— Может, тогда что-то другое?

— Ба, не волнуйся, нам ничего не надо!

Сатору действительно было не оттащить от грядок, возможно, потому, что у него не было деревенских родственников и он считал такую работу увлекательным приключением. Труд в поле и на огороде приводили его в восторг.

ХРОНИКА ВТОРАЯ

— Мы и в школе вместе ходим в садоводческий кружок, я думаю, ему действительно нравится огородничать, — успокоил бабушку Ёсиминэ.

— Вот как? Замечательно! Я очень рада, что ты нашел себе такого прекрасного друга! Теперь я спокойна.

Эту фразу бабушка повторяла при всяком удобном случае, как будто пыталась сама себя убедить, что не ошиблась.

— Похоже, бабушка считает меня еще ребенком, — смущался Ёсиминэ.

У Сатору был легкий, открытый нрав, и он дружил с Ёсиминэ, поэтому бабушка буквально тряслась над Сатору, да и Сатору тоже привязался к ней — своей-то бабушки у него никогда не было.

— Счастливчик ты! — говорил он Ёсиминэ. — Была б у меня такая бабушка... я бы навещал ее...

Общение с пожилым человеком было для него в новинку.

— Если тебе у нас нравится, можешь думать, что приходишь к родной бабушке. — Бабушка без конца твердила это Сатору.

Ёсиминэ был рад такому повороту. Дома никогда не привечали его друзей. В Токио он тоже был «ребенком с ключом на шее» и болтался до поздней ночи один. Родители даже не интересовались, с кем он дружит. И когда приходили друзья, матери и отца, как правило, не было дома. В сущности, даже неплохо, когда никто не ворчит и не пилит. Приятели завидовали Ёсиминэ и частенько тусовались у него. Но когда от голода подводило живот, уже наступала очередь Ёсиминэ завидовать друзьям, у которых мамы всегда готовы их покормить.

Порой кто-то из друзей, угощая его немудреными домашними сладостями, жаловался на родителей. «Совсем заелись», — думал про себя Ёсиминэ, ведь его мама не оставляла для сына даже магазинных снеков. Только мелочь на столе. Иногда денег было достаточно много — и хватало на ужин. Когда родители хотели похвалить сына, они говорили одну и ту же фразу: «Дайго, ты молодец, настоящий беспроблемный ребенок, мы не знаем с тобой забот!» Ёсиминэ даже обижаться не мог. Если в этом его ценность, нужно и дальше оставаться таким, нельзя вызывать неудовольствие родителей.

— У тебя бабушка добрая! — откровенно завидовал ему Сатору, но Ёсиминэ ни разу не посмеялся над ним из-за этого, прекрасно зная, что с тетей у Сатору напряженные отношения, а других родственников вообще нет.

— Приходи когда хочешь! Бабушка тоже тебя очень любит, — отвечал Ёсиминэ, и Сатору радостно кивал.

Как-то во время урока Ёсиминэ почувствовал ужасную духоту. Время было за полдень. Выглянув в окно, он увидел, что воздух буквально дрожит над раскаленной от зноя землей. Лето в разгаре, самый жаркий сезон.

ХРОНИКА ВТОРАЯ

Ёсиминэ вскочил. Класс зашумел, не понимая, что случилось.

— Ёсиминэ, что такое? — сердито спросил учитель.

— Ничего, — буркнул тот и направился к двери.

— Постой, ты куда? — Теперь уже всполошился Сатору, как и всегда при выходках Ёсиминэ. — Что значит — «ничего»?

— Я скоро вернусь.

Следом за Ёсиминэ выбежал Сатору, а не учитель.

— Да что стряслось-то?

— Теплица! Утром я забыл ее открыть. А сейчас так жарко, что там все растения сварятся.

В оранжерее росли помидоры и другие овощи, а еще орхидеи, которыми увлекался учитель естествознания. Помидоры плохо вызревают в дождливые сезоны, так что теплица — идеальное место, однако они привыкли к здешнему мягкому климату и никли в жару.

— Трудно было дождаться перемены? Осталось каких-то полчаса!

— Сейчас самое пекло. Нужно как можно скорее открыть теплицу.

— Ты мог отпроситься в туалет! Вот возьмут и прикроют наш кружок, сам будешь виноват.

— Ну так ступай и скажи им что-нибудь.

Сатору только вздохнул — и направился в класс.

— Ёсиминэ говорит, на него напали партизаны! — объявил он под дружный гогот ребят.

Друг должен обладать сообразительностью и чувством юмора.

Ёсиминэ еще не раз учинял подобное, становясь возмутителем спокойствия и нарушителем школьной дисциплины, однако перед летними каникулами они с Сатору собрали первый урожай овощей, а также выходили болезненные орхидеи учителя естествознания.

Когда урожай делили, Ёсиминэ досталось немного больше помидоров, нежели учителю и Сатору. Из-за затянувшихся дождей бабушкины грунтовые помидоры не вызрели.

— Возьми себе еще из моих, — предложил Сатору. — Нас в семье только двое, зачем нам так много.

Ёсиминэ не согласился, ведь в их доме тоже только два едока, причем один из них — пожилая женщина.

— Зато у тебя аппетит лучше! — парировал Сатору. — К тому же ты ведь для бабушки старался.

За это время Сатору стал разбираться в сельском хозяйстве и, видимо, догадался, что его друг решил подстраховать бабушку на случай неурожая ее грунтовых помидоров. Ёсиминэ с благодарностью принял еще четыре плода — из доли Сатору.

— Хочу съездить на недельку домой. В самом начале каникул, — сообщил Ёсиминэ.

Сатору понимающе кивнул:

— Хорошо. Я присмотрю за теплицей.

Первый урожай они сняли, но в теплице уже поспевали новые овощи.

— Ты ведь за все это время первый раз собрался домой. Удачи тебе.

Сатору не добавил восторженно «Вот здорово!» или что-нибудь в этом духе, поскольку все понимал. Родители Ёсиминэ и не собирались брать отпуск ради сына. Похоже, это была его идея — повидаться с ними.

— Заодно с друзьями встречусь, — бодрился Ёсиминэ.

Встреча с друзьями — на это он точно мог рассчитывать. Он пытался убедить себя, что родители возьмут выходной ради него и хотя бы денек побудут с ним, однако особой уверенности не было. И он просто старался не думать об этом, чтобы не потерять решимости.

— Если помидоры дозреют без тебя, я сам отнесу их бабушке, — сказал Сатору.

Бабушка подвезла Ёсиминэ на своей легковушке до местного аэропорта, и он улетел в Токио.

Однако никто не встречал его в токийском аэропорту Ханэда. Впрочем, так бывало и прежде — в те разы, когда он ездил к бабушке на каникулы. Автобус довез Ёсиминэ от аэровокзала прямо до его дома в спальном районе. После долго отсутствия квартира показалась ему еще более тесной и захламленной.

С самого первого дня все было как всегда — Ёсиминэ сидел дома в одиночестве и только встречался с друзьями из прежней школы. Родителей видел мельком — когда те поздно вечером возвращались с работы или собирались утром на работу. Оба были страшно заняты.

Однако на третий день его пребывания в Токио оба вернулись домой на удивление рано, мама приготовила поесть, и они сели ужинать, как нормальная семья.

После ужина мама сделала чай — чего тоже прежде не бывало. Все это озадачило Ёсиминэ. Что происходит?

Отец, сидевший за столом напротив Ёсиминэ, сделал серьезное лицо:

— Дайго, мы должны поговорить.

Мама пододвинулась поближе к отцу. Все это не предвещало ничего хорошего.

— Дело в том, что... мы с мамой решили развестись.

«Все-таки дошло до этого», — подумал Ёсиминэ. Он так и знал, что когда-нибудь все кончится этим, папа и мама слишком любят свою работу.

— Дайго, ты с кем хочешь жить? С мамой или со мной?

Ёсиминэ посмотрел на лица ждавших ответа родителей — и осознал, что развод — это свершившийся факт.

Родители молча ждали, и каждый втайне надеялся, что сын выберет не его. Это было очевидно.

— Простите меня, — выдавил Ёсиминэ. — Я не могу решить сразу. Мне нужно немножко подумать.

ХРОНИКА ВТОРАЯ

И мать, и отец вздохнули с явным облегчением. По крайней мере, решение проблемы откладывалось.

— Я могу завтра вернуться к бабушке?

Сознавая, что он не нужен ни тому ни другому, Ёсиминэ не знал, как себя вести.

Само собой, никто не попытался остановить его, и на другой день после обеда Ёсиминэ улетел. Поскольку авиакомпания несла ответственность за детей, летящих без сопровождающих, родители нисколько не волновались и даже не поехали проводить сына.

Бабушка встретила его и довезла до дома на легковушке.

— Они сказали, что собираются развестись.

— В самом деле? — заметила бабушка.

— Я не знаю, с кем из них остаться.

— Тут и думать не о чем. Живи со мной.

Ёсиминэ почувствовал, как в горле набухает комок.

— У тебя здесь хороший друг, так что все будет в порядке, все будет в порядке... — повторила несколько раз бабушка, словно сама себя убеждала.

Она знала, что это произойдет, знала с самого начала. С того самого дня, когда внук переехал к ней.

Комок в горле у Ёсиминэ все разбухал и разбухал, и, когда они доехали до дома, он причинял ему уже невыносимую боль.

— Схожу в школу.

Ёсиминэ переоделся в школьную форму. Даже в летние каникулы им запрещали появляться в школе без формы.

— Подожди хоть, пока жара немного спадет. Сейчас самое горячее солнце.

— Я беспокоюсь, как там теплица.

Не слушая бабушкины уговоры, Ёсиминэ сел на велосипед.

Крутя педали, он прислушался к собственным ощущениям: теперь комок провалился ниже — куда-то в желудок.

Велосипед Сатору стоял на школьной парковке. Ёсиминэ нашел друга в теплице. Сатору в полном одиночестве со счастливым лицом срывал созревшие помидоры и огурцы.

— Привет! — окликнул его Ёсиминэ.

Сатору издал удивленный возглас:

— Ты вроде не собирался возвращаться так скоро.

— Да, но дома такое...

Пока они мыли овощи, Ёсиминэ рассказывал Сатору о том, что произошло в Токио. Краем глаза он наблюдал за школьной бейсбольной командой, тренировавшейся на школьном дворе. От зноя воздух дрожал и струился, словно мираж, поднимаясь от раскаленной земли. Как они могут играть в такую жару, подивился Ёсиминэ.

— Мне и в голову не приходило, что все так скверно, когда они отправили меня сюда. Родители не очень-то занимались мной, с самого

ХРОНИКА ВТОРАЯ

детства, и я привык. Но никогда не думал, что дойдет до такого.

...Выходит, училка со своим гиперсочувствием была не так уж и не права...

— Получается, они давно собирались развестись. И ясно давали мне это понять, а я, идиот, не понимал!

— Нет, ты просто не желал думать об этом, — возразил молча слушавший его Сатору.

Ком в горле Ёсиминэ стал настолько огромным, что перекрыл горло. «Хватит распускать нюни, дурак!» — приказал он себе.

Пока он ехал сюда, ему как-то удавалось справиться с собой, но сейчас чувства нахлынули с новой силой.

Ну да, он не желал думать об этом... Если не думать, то ничего не произойдет, верно? Закрывал глаза на реальность. Но теперь-то приходится думать, ничего не поделаешь, вертелось в голове у Ёсиминэ. Конечно, ведь «Дайго такой беспроблемный ребенок! С ним никаких забот!». Может, нужно было быть проблемным, плохим ребенком? Может, тогда...

С самого детства Ёсиминэ знал, что родители увлечены работой, и понимал, что не очень их интересует. Поэтому изо всех сил старался не путаться под ногами, не мешаться. Он не пытался привлечь родительское внимание детскими капризами и, когда в доме сгущались тучи, принимал удар на себя. Если не требовать заботы, то никто не станет сердиться, а значит, дома все будет хорошо. Ёсиминэ хранил семейный очаг, он всегда ждал и ждал — дома. Так ему было спокойней. И действительно, в те редкие дни, когда вся семья была в сборе, никто ни на кого не злился. Возможно, он придавал слишком большое значение настоящему и не думал о будущем...

Пословица гласит: «Ребенок — мостик, соединяющий мужа и жену». Ребенок, который не требует забот, может поддерживать мир в семье, однако в роковой момент не способен никого соединить. Возможно, проблемный ребенок, который требует внимания родителей, сумел бы сохранить их брак... Ребенок, который ведет себя так, как ребенок, и хочет любви и заботы, не дал бы распасться семье...

«Ну, хватит!» Ёсиминэ сделал над собой усилие, чтобы отогнать вертевшиеся в голове назойливые мысли. Что толку думать о том, чего уже не исправить. От этого только хуже. Ком в горле стал уже непереносимым.

— В конце концов, — громко сказал он, — у многих детей разводятся родители.

Он постарался, чтобы это прозвучало непринужденно, но голос его предательски дрогнул.

— Мияваки, тебе ведь пришлось еще хуже?

— Не стоит сравнивать, — невозмутимо ответил Сатору. — Да, мои родители умерли. Но тебя мне искренне жаль, Ёсиминэ. Тебя мне жаль гораздо больше. Мои родители никогда не считали меня обузой.

ХРОНИКА ВТОРАЯ

На это Ёсиминэ было нечего возразить. Комок в горле наконец взорвался: «Меня жаль. Меня жаль. Меня жаль. Конечно, в мире полно детей, которые несчастней меня, но и мать, и отец явно мечтали, что мой выбор падёт на другого, а потому меня просто жаль. Даже Сатору счастливей и жалеет меня. И самому мне, наверное, стоит себя пожалеть».

Тут Ёсиминэ заплакал — в первый раз после того, как услышал новости про развод. Когда он успокоился, Сатору протянул ему помидор:

— Будешь?

* * *

«...Может, выйти сейчас?» — подумал я, косясь на Ёсиминэ. «Выйдешь, когда захочешь», — сказал мне Сатору. И не стал закрывать дверцу. Но раз дверца открыта, сюда может забраться этот рыжий табби с глупым именем Чатран. Эта мысль была выше моих сил.

Ну что, рыжий? Твоего хозяина тоже бросили родители, слышал?

Однако котёнок так увлёкся игрушечной мышью, что, конечно же, ничего не слышал.

Когда уже ты поймёшь, что не надо играть с фальшивыми мышами?..

Но нет, это ниже моего достоинства — вести серьёзные беседы с такими малявками. Котята в этом возрасте после еды сначала носятся как угорелые, а потом вдруг падают как подкошенные и засыпают на месте, словно у них вдруг сели батарейки.

Даже если они что-то пытаются рассказать... стоит ветру пошевелить занавеской посередине фразы, как котята, забыв обо всем, кидаются на нее. Неужели и я был таким же глупым в этом возрасте? Нет, мне кажется, я намного лучше соображал. Что ж, кошки взрослеют по-разному. Этому котенку можно только посочувствовать — если сравнить его со мной, с выдающимся, на редкость умным котом!

...Из обрывочных разговоров я уяснил, что котенок был самым слабым в помете, отбился от мамы-кошки и потерялся.

Такое часто случается в мире кошек. Иногда мамы-кошки сами бросают трудных для воспитания или совсем глупых котят. Молока у кошки не так много, чтобы тратить его на нежизнеспособное потомство.

Один из моих братьев был таким же, в чем только душа держалась, порой даже непонятно было, дышит он или нет. И однажды он незаметно исчез, как будто его и не было.

Вот и рыжий табби слишком тщедушен для своего возраста, про таких говорят — «не жилец». Ёсиминэ очень постарался и выкормил его, но этот табби не стоил его усилий. Ёсиминэ, конечно, деревенский мужлан, который при первой встрече бесцеремонно хватает котов за шкирку и вздергивает в воздух, но он не бросил никудышного котенка, и ясно, что он может дать много любви.

Он большой и сильный, с ним-то не было проблем при вскармливании, но эти двуногие бросают и таких детенышей... Ужасная история! Если бы он был котенком, мама-кошка заботилась бы о нем больше, чем о других котятах. Но вот как все обернулось...

Слышишь, рыжий, Ёсиминэ подарил тебе вторую жизнь, ты ведь не должен был выжить! Тебе надо поблагодарить его! Да-да, я с тобой разговариваю!

Котенок навострил уши, но тут же отвлекся, явно не понимая, о чем идет речь, и снова вцепился в мой хвост. Ммм, кажется мне следует излагать свои мысли попроще.

Скажи, ты любишь Ёсиминэ?

На сей раз до табби дошло. Отгрызая мой хвост, он кивнул.

Эй, слышишь, мне больно. Я выдернул хвост из его зубов. *Если ты любишь Ёсиминэ, почему бы тебе не порадовать его?*

Но котенок снова поймал мой хвост и вонзил в него свои маленькие зубки.

Я же сказал — больно!!! И снова выдернул хвост из его зубов. *Ёсиминэ хочет, чтобы коты ловили мышей, понял? Если ты станешь настоящим котом, который ловит мышей, Ёсиминэ будет очень доволен.*

Котенок перестал терзать мой хвост и замер. Кажется, он заинтересовался.

Но сейчас у тебя ничего не получится, даже и не мечтай. Сейчас ты круглый ноль. Не то что мышь, ты ящерицу поймать не сможешь. Но если хочешь, я могу тебя поучить. Препо-

дать урок основ охоты. И не только охоты. Эти приемы пригодятся в драке с другими котами, чтобы не быть побежденным. Ёсиминэ не понравится, если ты будешь совсем слабак.

Упростив свой монолог до такого вот примитива, я наконец достучался до рыжего. Он сел как подобает и вежливо попросил меня поучить его. Ну ладно уж, так и быть. В кошачьем сообществе этикет — очень важная вещь.

Я уже собрался показать котенку основные приемы охоты, как Сатору радостно возопил:

— Ёсиминэ, смотри! Они играют!

— Разве? По-моему, они дерутся.

— Не-е-ет... Нана очень аккуратно катает его.

Разве же это игра? Это обучение! Впрочем, что вы оба смыслите в этом?

— Если они подружатся, я уговорю тебя оставить у себя Нана.

Я делаю то, что считаю нужным, а вы лучше займитесь своим делами. Не нужно обращать на нас внимание...

Увидев, как котенок атаковал игрушечную мышь — в точности так, как я ему показал, — Сатору прищурился.

— Он такой простодушный! Очень похож на моего прежнего кота.

Да, это ты верно подметил. Этот рыжий, вместо того чтобы подкрадываться потихоньку, машет хвостом со всей дури. Я вот вытягиваю хвост в ниточку и крадусь, а у него хвост вертится что твой пропеллер у вертолета. И когда он припадает к полу перед прыжком, то приседает недостаточно низко.

— А Нана каким был в детстве?

— Я нашел его, когда он был уже взрослым, я не видел его котенком. Думаю, он был очарователен.

Угадал. Я был настолько очарователен, что прохожие состязались за право дать мне какую-нибудь вкусняшку. А некоторые даже со всех ног кидались в соседний магазин, купить для меня угощение. Однако хвастаться нехорошо.

— Да, кстати... А ты видел потом своего бывшего кота? — вдруг спросил Ёсиминэ.

— Увы, нет. Он умер, когда я учился в средней школе.

— Вот как. — В голосе Ёсиминэ звучало искреннее сочувствие. — Жаль, что нам не удалось тогда съездить к нему. Прости.

— Это ты меня прости. Ёсиминэ, я тебе так благодарен. Я очень не хотел, чтобы та история дошла до тети.

Ну-ка, ну-ка, Сатору... что ты там еще учудил — уже в средней школе?

Я велел рыжему табби продолжать тренировку самостоятельно и навострил уши.

* * *

Родители Ёсиминэ развелись как-то мгновенно, и право на опекунство получил отец, потому что Ёсиминэ изъявил желание жить у бабушки — матери отца. Что неожиданно избавило Ёсиминэ от ненужных проблем — ему не пришлось менять фамилию.

Как только родители обрели свободу друг от друга, они тут же разъехались по заграницам и зажили полноценной жизнью. А Ёсиминэ продолжал жить, как жил: вдвоем с бабушкой.

Прошел почти год. В первом триместре последнего года обучения в средней школе их класс отправился в школьную поездку в Фукуоку[1].

Ёсиминэ понял, что творится в душе приятеля, когда Сатору рассказал, что его родители погибли как раз во время прошлой школьной поездки.

Сатору был очень мрачен со дня отправления. В первый день пребывания в Фукуоке в расписании стояло «свободное время». Сатору был странно молчалив, хотя его окружали близкие друзья. Ёсиминэ решил, что это путешествие навеяло на Сатору грустные воспоминания, однако подходящего случая поговорить не подворачивалось — вокруг было слишком много народу.

После ужина в гостинице мальчики от нечего делать зашли в сувенирный магазинчик, и Ёсиминэ наконец улучил момент:

— Что с тобой?

---

[1] *Фукуока* — префектура на севере японского острова Кюсю с одноименной столицей.

Лицо у Сатору приняло озабоченное выражение. Метнув на Ёсиминэ взгляд, он тихо сказал, глядя в пол:

— Да вот, подумываю, как бы мне отлучиться в Кокуру.

От станции Хаката в Фукуоке до городка Кокура минут двадцать езды, если на скоростном экспрессе «Синкансэн». Так что теоретически такое было возможно. Но... только не во время школьной поездки.

Преподаватели не спускали с них глаз, опасаясь, что школьники пустятся в загул. Каждый день был расписан по минутам. После регистрации ученикам строго запретили покидать гостиницу и выходить в город самостоятельно. Возле входа постоянно дежурил один из сопровождавших. Если бы кто-то попытался удрать из гостиницы посреди ночи, его неминуемо отправили бы домой. Словом, шансы осуществить план Сатору и незаметно улизнуть в Кокуру были нулевые. В каком-то другом случае Ёсиминэ сказал бы «нет» и дисциплинированный Сатору без серьезной причины и сам бы не пошел на такое.

— А зачем тебе туда? — поинтересовался Ёсиминэ.

— В Кокуре живут мои дальние родственники, — ответил Сатору. — Они взяли к себе кота, который раньше жил с нами.

Словом, этот кот жил с Сатору, пока были живы родители, но когда они умерли, Сатору забрала к себе тетя, а с котом пришлось распрощаться, его приняли дальние родственники, жившие в Кокуре.

— Тетя всегда очень занята, она работает... и я не могу просить ее свозить меня к коту. Вот я и подумал... а что, если съездить туда потихоньку, когда у нас снова будет «свободное время»?

На прогулки в «свободное время» отводился всего час, да и гулять можно было только по разрешенным маршрутам. Если кто-то отдалялся от намеченного направления, тотчас же следовал окрик учителя: «Куда это ты собрался?»

— Ты настолько сильно хочешь увидеть этого кота? — Ёсиминэ задумчиво скрестил руки.

У Ёсиминэ никогда не было домашних животных. И особой симпатии к кошкам он не испытывал. Однако этот кот жил у Сатору, пока не погибли родители. Он — часть его семьи, вернее, то, что осталось от семьи. И Ёсиминэ понимал мотивы Сатору, хотя и весьма приблизительно.

Всего лишь кот... Но *какой* кот! Сатору в нем души не чает. Для него этот кот — единственный в мире.

— Поедем! — решительно сказал Ёсиминэ. Но теперь уже заколебался Сатору:

— У нас есть еще три часа — пока учителя не выключат у нас свет. Ты знаешь адрес родственников?

Оказалось, что родственники живут прямо рядом со станцией.

ХРОНИКА ВТОРАЯ

— Если не пойдем в душ, то времени навалом. Но ты истратишь все деньги и не сможешь потом ничего купить.

Билеты до Кокуры и обратно стоили около тысячи иен.

— Мы никому ничего не будем объяснять. Если остальные будут в курсе, их тоже накажут. Просто скажем, что придем в душ попозже. А сами сбежим.

— Я сам поеду в Кокуру. Не хочу тебя подводить!

— Ну, хватит молоть чепуху. Я твой друг! — Ёсиминэ стукнул Сатору по спине.

Ученикам запретили брать с собой в поездку какую-либо одежду, кроме школьной формы и комплекта для сна. Ёсиминэ с Сатору взяли трикотажные майки. И сейчас они решили надеть эти майки: они будут не так бросаться в глаза, как школьная форма.

Когда подошел их черед идти в душ, мальчики сделали вид, что замешкались, и пропустили вперед соседей по комнате.

Выждав минуты три, они выскользнули за дверь. Потом направились не к главному входу, около которого дежурил учитель, а к пожарной лестнице, заранее разведав, где она находится. Ручка двери, ведущей к лестнице, была запечатана пластиком. Если кто-то откроет дверь, его отсутствие сразу бросится в глаза. И тогда учителя немедленно объявят перекличку.

— Что будем делать? — озабоченно спросил Сатору. — Во время обхода все увидят.

— Быстро на другой этаж! — Ёсиминэ потащил Сатору к лифтам. — Если взломать защиту на другом этаже, никто даже не заметит.

Неугомонных школьников поселили всех вместе, на одном этаже, чтобы не докучали другим постояльцам, на других этажах не было обхода дежурных — никто и внимания не обратит.

Гостиничные номера располагались в здании, начиная с пятого этажа, и приезжающих на экскурсии школьников обычно селили на пятом, шестом или седьмом этаже. На восьмом же было неправдоподобно тихо.

— Вперед!

Они сорвали защитный чехол, открыли тяжеленную дверь и скатились вниз по лестнице. Служебный вход для работников гостиницы был на первом этаже. Ёсиминэ с Сатору быстрым шагом направились к нему, стараясь держаться непринужденно.

— Эй, вы! Двое! — тут же послышался окрик.

Гостиничный служащий!

— Вы, часом, не из школьной группы?

Ах, ну конечно, работников тоже просили следить за нарушителями режима.

— Нет, мы сами по себе! — выпалил Ёсиминэ, устремляясь к выходу.

— Стоять! — Служащий устремился к ним.

— Бежим! — Ёсиминэ бросился вперед, Сатору за ним.

— Кто-нибудь, остановите этих мальчишек!

Вопли служащего мгновенно привлекли всеобщее внимание, и теперь Ёсиминэ с Сатору то и дело приходилось уворачиваться на бегу от чьих-то рук. Однако им все же удалось достичь главного входа.

Там дежурила учительница, которая представляла Ёсиминэ классу в тот памятный первый день в школе — та самая «мисс Сочувствие».

— Мияваки-кун! Ёсиминэ-кун! В чем же дело?!

Сатору было решил, что тут и конец всей затее, но Ёсиминэ считал иначе.

— Не робей! — выкрикнул он. — Пусть будет что будет!

Тогда и Сатору помчался резвее. Красотка-учительница расставила руки, пытаясь задержать беглецов, но мальчишки, ловко поднырнув под неожиданное препятствие, с хохотом выскочили на улицу.

Выходило, что изначально нужно было прорываться через главный вход, а не заморачиваться с пожарной лестницей.

Они продолжали нестись вперед, чтобы оторваться от преследователей.

— Послушай, давай скажем так: это я подбил тебя, потому что мне до смерти захотелось развлечься ночью! — крикнул на бегу Сатору.

— Ладно!

Город был им незнаком, приходилось спрашивать дорогу у прохожих, но минут через двадцать они добрались до станции Хаката.

Ёсиминэ с Сатору уже подошли к кассе, чтобы купить билеты до Кокуры, как сзади их грубо окликнули:

— Эй, вы!

Это был учитель по физвоспитанию, один из главных кураторов экскурсии.

Мальчишки было рванули прочь, однако учитель успел ухватить Ёсиминэ за фуфайку, и пока тот пытался вывернуться, подоспели другие учителя. Они схватили Сатору.

Дайго с Сатору думали, что безопаснее влиться в толпу на улице, однако теперь стало ясно, что надо было ехать на такси. Но что толку сейчас сожалеть об упущенных шансах...

Их доставили в гостиницу и учинили жестокий допрос в штабном номере для дежурных учителей.

— Куда же вы направлялись на ночь глядя?

Дайго с Сатору не успели согласовать общую версию, а потому только молча переглянулись. Кому отвечать первым?

— Сатору-кун! — нарушила молчание красивая учительница. — Может быть, школьная поездка оказалась для тебя слишком тяжелым испытанием?

«Лучше заткнись, красавица, мисс Сочувствие, — подумал Ёсиминэ. — Вот не нужно этих сюсю-мусю. Сатору это терпеть не может!»

— Вовсе нет, — ровным голосом ответил немного побледневший Сатору. — Просто мне хотелось развлечься ночью. Вот и все.

ХРОНИКА ВТОРАЯ

— Это ложь. Ты не из тех мальчиков, что развлекаются по ночам.

Ёсиминэ чуть не расхохотался. Да что ты знаешь о Сатору, сэнсэй?![1]

«Скажем, что я убежал из гостиницы, потому что страшно хотелось развлечься». Сатору не хотел, чтобы кто-то узнал, что ему нужно в Кокуру ради кота.

— Извини, Мияваки! Хватит уже!

Ёсиминэ бросился в бой, живо изобразив готовность выложить всю «правду». Внимание учителей тотчас же переключилось на него.

— Сэнсэй, это моя вина. Дело в том, что мне ужасно захотелось отведать в Фукуоке нагахама рамэн[2].

(Смотри на меня, красавица! Я тоже нуждаюсь в сочувствии.)

— Поэтому я и спрашивал у людей дорогу, — продолжал Ёсиминэ. — Я ел такой рамэн в районе Тэндзин[3], вместе с родителями, но потом они развелись. Это недалеко отсюда, вот мне и вспомнилось. Ностальгия, знаете ли... Я решил выйти в город, чтобы поесть рамэна. А Мияваки случайно увязался со мной.

Смерть родителей и развод родителей — у мальчиков были разные обстоятельства, но

---

[1] *Сэнсэй* (букв. «старший») — здесь: вежливое обращение к учителю.

[2] *Нагахама рамэн*, или хаката рамэн, — блюдо на основе супа из свиных костей и прямой тонкой лапши. В основном предлагается в магазинах рамэн, китайских ресторанах и традиционных палатках-ятай в префектуре Фукуока, в частности у станции Хаката.

[3] *Тэндзин* — центральный торговый район г. Фукуока.

итог получился один и тот же. Оба росли без полноценной семьи. Два одиноких сердца захотели утешить друг друга, это логично и понятно.

— Ёсиминэ... — попытался вставить слово Сатору, но Ёсиминэ резко оборвал его: — Я сказал, хватит!

(Все нормально, а поэтому замолчи. Тебе же не нужно их дешевое сострадания из-за твоего единственного в мире обожаемого кота?)

Учителя хранили суровое молчание, но было видно, что они уже не сердятся и просто не знают, как вести себя дальше.

— Мы понимаем ваши чувства, но правила есть правила. Никому не дозволено самостоятельно ходить в город во время школьной поездки, когда душенька пожелает, — с кислым видом заключил учитель по физвоспитанию.

Учитель был прав. И мальчишкам пришлось склонять голову и без конца извиняться. Учителя позвонили опекунам, сообщили об инциденте, а Сатору и Дайго — в назидание всем остальным — были вынуждены сидеть до глубокой ночи в гостиничном холле в церемонной и неудобной позе «сэйдза»[1].

Возвратившись домой, Ёсиминэ прямо с порога кинулся к бабушке с просьбой:

— Ба, можно, я попрошу тебя об одной вещи, ладно? Мне очень нужно, ну пожалуйста!

---

[1] *Сэйдза* (букв. «правильное сидение») — традиционная японская поза сидения на коленях с выпрямленной спиной.

Суть просьбы сводилась к тому, чтобы бабушка позвонила тете Сатору и принесла извинения за то, что Ёсиминэ втравил Сатору в такую историю.

Бабушке было прекрасно известно, что ее внук никогда не был в районе Тэндзин с родителями, но она не стала задавать вопросы и все сделала так, как просил Ёсиминэ.

— Прошу нас простить, — сказала она. — Из-за нашего Дайго отругали Сатору-тян.

— Да? Это я должна извиняться, — растерялась тетя Сатору. — Ёсиминэ-кун хотел отказаться от этой затеи, но Сатору буквально силком потащил его с собой.

Видимо, такова была версия Сатору.

— Я ведь знаю, что вы оба нипочем не нарушили бы правила без причины, — улыбнулась бабушка, положив трубку.

Ёсиминэ проглотил комок в горле.

Бабушка умерла лет десять назад. В очень преклонном возрасте.

Сатору переехал в другое место после окончания средней школы, но Ёсиминэ продолжал писать ему, и когда он сообщил печальную новость, Сатору приехал очень издалека проводить бабушку в последний путь.

Ёсиминэ выразил ему благодарность, на что Сатору только улыбнулся:

— Она ведь была и моей бабушкой. Можно, я так буду считать?

Ёсиминэ кивнул, пытаясь скрыть слезы.

Отец Ёсиминэ, бывший главным распорядителем на похоронах, не собирался наследовать хозяйство матери и хотел передать землю и дом жившим неподалеку родственникам, которые уже давно обрабатывали ее поле и огород — с тех пор, как она одряхлела и физический труд стал ей не под силу. Это было бы естественным развитием событий, однако Ёсиминэ высказал пожелание унаследовать бабушкино хозяйство. Родственники пытались отговорить его от этой затеи, мол, и денег толком не заработаешь, и руки будут связаны, когда придет время искать невесту, но Ёсиминэ стоял на своем. Отцу была безразлична судьба сына, и он сделал все так, как хотел Ёсиминэ.

— Ну, сам видишь, родственники знали, что говорили, — до сих пор жены нет и не предвидится.

— Если бы я был женщиной, то спал и видел бы поселиться тут, — возразил Сатору.

— Если встретишь женщину с такими взглядами на жизнь, познакомь, — с горечью уронил Ёсиминэ и плеснул себе в стакан еще немного сакэ.

Они уже закончили вечерний обход полей, и теперь можно было поужинать. Сатору выпил за компанию немного пива, но потом перешел на ячменный чай. Прежде он мог выпить порядочно, однако в последнее время алкоголь давался ему все труднее.

— Завтра я уезжаю... Но перед отъездом хотелось бы навестить бабушкину могилу, — сказал вдруг Сатору.

ХРОНИКА ВТОРАЯ

Могила была на холме, сразу за домом Ёсиминэ. На грузовичке пять минут езды.

По случаю приезда старого друга Ёсиминэ хотел посидеть подольше, однако привычка рано ложиться и рано вставить пересилила — он не дотянул и до полуночи.

* * *

Утром Сатору с Ёсиминэ сразу же сели в грузовичок и уехали. Наверное, на могилу бабушки, о чем они, собственно, и договаривались накануне вечером.

«Отлично, — подумал я. — Я пока займусь делом. Нужно кое-что закончить».

Эй! Ты, рыже-полосатый! Помнишь вчерашний урок? Сейчас я поучу тебя драться.

Я сморщил нос и прижал уши. *Ну, что ты будешь делать, когда увидишь такого разъяренного кота?*

Рыжий котенок тотчас же собезьянничал — сморщил нос, прижал уши, выгнул спину, поднял шерсть на загривке и распушил хвост.

Отлично, молодец!

Ну а теперь последний тест. Произведи впечатление на Ёсиминэ. Когда я сделаю вот такую злобную морду, сразу встань в бойцовскую стойку. И продолжай в том же духе, пока мы не уедем. Не расслабляйся!

Рыжий табби успел уже много чему научиться, когда вернулись Ёсиминэ с Сатору. Прикинув, когда они могут войти в комнату, я велел котенку принять боевую позу.

Шерсть у него встала дыбом на всём теле, и он мгновенно раздулся, превратившись в круглый меховой шарик. Ему явно хотелось блеснуть достижениями перед Ёсиминэ.

— Что за чёрт?! — озадаченно вскрикнул Сатору. — Вчера они так хорошо играли. Не понимаю, что произошло! Так внезапно...

— В самом деле! Знаешь, Сатору, котята — они такие непредсказуемые.

— Похоже, у него испортилось настроение.

— Возможно, наутро он забыл, как играл вчера, — поддержал его Ёсиминэ.

— Давай немного понаблюдаем за ними. Может, и впрямь просто не в духе.

Сатору планировал выехать до обеда, но ему пришлось задержаться почти до вечера. Он испробовал все методы, какие только возможны, — даже разводил нас с котёнком по разным комнатам.

Но — увы! — котёнок продолжал вести себя агрессивно вплоть до нашего отъезда. Всякий раз, когда я провоцировал его, он вставал в боевую стойку. Так сказать, вошёл во вкус. Превосходно для такого маленького котёнка! Если будет продолжать в том же духе, из него, пожалуй, выйдет толк.

— Давай ты оставишь Нана у меня, а сам вернёшься в Токио. Пусть поживёт здесь несколько дней, возможно, они привыкнут друг к другу, — предложил Ёсиминэ, возвратившись домой после утренних работ на огороде.

— Вряд ли, — с сомнением в голосе ответил Сатору. — Нана тоже, кажется, разозлился, посмотри, он даже в переноску забрался. Не думаю, что из этой затеи выйдет что-то путное. Очень жаль, но если они так невзлюбили друг друга, будет жестоко заставлять их общаться насильно.

— Ты так считаешь? Да, в самом деле, очень жаль. Такой хороший кот!

Ёсиминэ, это вовсе не потому, что ты мне не по нраву. Не думай обо мне слишком плохо... Но я пока не готов расставаться с серебристым фургончиком.

Сатору все еще колебался, но рыжий табби корчил такие злющие рожи, не оставляющие сомнений в его худших намерениях, что Сатору в итоге сдался. Придерживая переноску, он забрался в серебристый фургончик.

— Очень жаль, что все так получилось!

— Да... только при этом вид у тебя что-то больно радостный, — поддел его Ёсиминэ.

Сатору только крякнул в ответ. Ёсиминэ попал в самую точку.

— Ну... — протянул он, — знаешь, мне и в самом деле очень трудно расстаться с Нана.

— Если ты так любишь его, то почему нужно с ним расставаться?

Отличный бросок, Ёсиминэ! Впрочем, как и тогда, в первый день. Когда ты с ходу засунул руку в мою переноску.

Сатору смешался и промолчал.

— Ладно, это не важно! — Ёсиминэ не стал домогаться ответа. — Если что-то не заладится, приезжай сюда. Правда, жены у меня не предвидится, и разбогатеть навряд ли тоже получится, но в крестьянском хозяйстве еда есть всегда, в этом можешь не сомневаться.

— Но ты сам видел, Чатран и Нана не ладят...

— Ну они же не убивают друг друга. В конце концов, если будет надо, мы заставим их поладить. Это же просто животные, и ведут они себя соответственно.

— Это очень неразумно. От стресса у них может выпасть шерсть.

— Ну, если совсем ничего не получится, то я могу поговорить с хозяевами какого-нибудь пустующего дома, чтобы ты жил там. Люди боятся, что их дома придут в упадок, и с радостью пустят тебя пожить бесплатно. Сейчас деревня старается сделать все возможное, чтобы к нам ехала из города молодежь.

— Спасибо! — Сатору рассмеялся, однако голос у него дрожал. — Если у меня действительно все будет плохо, непременно вернусь сюда.

— Отлично. Буду ждать.

Сатору и Ёсиминэ обменялись крепким рукопожатием.

— Спасибо тебе за все. Я рад, что навестил могилу бабушки.

Сатору сел в машину, но тут же опустил стекло.

— Ёсиминэ, ты знаешь, как звали моего первого кота?

Ёсиминэ покачал головой.

— Его звали Хати. Он был очень похож на Нана, как две капли воды. У него тоже были два пятнышка на лбу, точь-в-точь иероглиф «хати», восьмерка. А Нана — семерка, я назвал его так потому, что у него хвост похож на цифру семь. Когда он держит его крючком.

Ёсиминэ расхохотался:

— А говоришь, Чатран — глупое имя. У тебя клички тоже не особо умные.

— Кто-то исходит из внешних данных, кто-то упражняется в остроумии. Кому что нравится...

Посигналив на прощание, Сатору выехал со двора.

— Как не стыдно, Нана, нехорошо было так злиться на маленького котенка.

Хе-хе. Ты же хотел оставить меня там и уехать! Думал, это прокатит?

— Правда, я даже рад... что мы вместе едем домой.

Положим, я уже догадался об этом!

— Кстати, я обещал показать тебе на обратном пути море. Давай подъедем поближе.

Превосходная мысль! Интересно, какие морские твари, из которых делают мой любимый корм, обитают в здешних водах?

По пути Сатору заскочил в местный магазинчик и спросил дорогу.

— Сказали, что море вон там, совсем близко, — сообщил Сатору, и наш серебряный фургончик резво покатил к взморью.

Мне уже надоело сидеть в переноске, и я устроился на коленях у Сатору. Когда мы подъехали ближе, Сатору вылез из фургончика и стал спускаться с холма по ведущей к самому морю тропинке.

— Эй, Нана! Что с тобой? Ты чего так вцепился в меня когтями?! Больно же! Отпусти!

Не-е-ет! Не-ет! Ни за что-о-о!!! Что там так страшно грохочет?! Я никогда не слышал такого ужасного рева!

Передо мной простиралось море. Огромная, чудовищная масса воды без устали катила к нам свои волны.

— Нана, смотри! Это море. Видишь, какие волны? Потрясающе интересно!

Интересно?! Ты о чем, Сатору?! Все же люди — ужасно легкомысленные существа. Называть эту громадную массу перекатывающейся воды, эту чудовищную силищу — «интересной»! Не знаю, что будет с человеком, попади он в эту кошмарную круговерть, но коту — коту там точно конец!

— Давай подойдем к кромке воды.

НЕТ. НИ ЗА ЧТО!

— Нана, Нана! Больно же, отпусти!

Я вывернулся из рук Сатору, отчаянно стараясь забраться повыше, и в мгновение ока оказался у него на голове.

— Когти! Нана, убери свои когти!

Нет, так не пойдет. Нужно найти более безопаснее место, нежели голова Сатору. Я-а-у!!

Оттолкнувшись от головы Сатору, я спрыгнул на землю и опрометью помчался прочь от воды.

— Нана! Стой!

Я добежал до ближайшего утеса и устроился у подножия сосны, росшей наклонно прямо из голой скалы.

— Ты зачем забрался так высоко? Давай спускайся!

Ни за что. Там меня накроет волной и смоет в море. И я умру!

— Нана, спускайся! Мне трудно взбираться за тобой!

В конце концов Сатору, кряхтя и охая, залез на утес и стащил меня вниз.

А я извлек из происшедшего бесценный опыт.

О море хорошо мечтать, находясь вдали от него.

А коты не должны сами охотиться за деликатесами, которые водятся в море. Пусть это делают для нас люди.

— Ты ободрал мне всю голову! Теперь будет щипать от шампуня!

Сатору еще немного побрюзжал, потом хихикнул:

— Но я и представить не мог, что ты так боишься моря. Я узнал о тебе кое-что новое, но это даже хорошо. Это даже интересно. Теперь буду знать, что ты терпеть не можешь море.

Неправда, мне нравится море, но только издалека Примерно как сейчас!

Серебристый фургончик плавно катился вдоль побережья. Я смотрел на переливающуюся темно-зеленую гладь воды, радостно задрав хвост.

Если бы не наши странствия, я бы так и не увидел ничего в своей жизни. Она протекала бы в пределах квартирки Сатору — ну и небольшой территории вокруг дома. Вполне приличная территория для кота, но это ничто по сравнению с безграничным миром.

И в этом мире так много всего! За всю кошачью жизнь смотреть не пересмотреть.

Сатору!

Когда мы начали путешествовать, я увидел город, где ты жил в детстве. Потом деревню. И море...

Интересно, что еще мы успеем увидеть вместе с тобой, прежде чем закончатся наши странствия?

ХРОНИКА ТРЕТЬЯ

СУГИ И ТИКАКО

«Насладитесь потрясающим видом Фудзи на отдыхе с вашим любимцем!»

Таков был девиз пансионата супругов Суги — Сюсукэ и Тикако, — который они открыли три года назад.

Все началось с того, что компания, в которой трудился Суги, оказалась на грани краха и начала усиленно поощрять добровольный выход сотрудников в отставку. Как раз в этот момент Сюсукэ с Тикако посчастливилось приобрести по сходной цене выставленную на продажу небольшую гостиницу, прямо рядом с фруктовым садом, принадлежавшим родителям Тикако. Супруги купили ее со всем содержимым (с мебелью и оборудованием) и открыли свой бизнес.

Одним из очевидных плюсов для клиентов нового пансионата была возможность самим собирать фрукты в саду, выкупая их с солидной скидкой. Это было выгодно: с одной стороны, сад помогал привлекать клиентов, с другой — клиенты способствовали процветанию садоводческого хозяйства.

Однако в итоге истинному процветанию гостиничного бизнеса способствовала совершенно иная причина: в пансионате супругов Суги можно было останавливаться с домашними животными. Эту фишку придумала Тикако.

В гостинице было два этажа плюс небольшой флигель, стоявший отдельно в гуще сада, что позволяло размещать клиентов с кошками отдельно от клиентов с собаками. Кошки и собаки обитали на разных этажах и могли бродить, где им вздумается, без поводков, а не сидеть в переносках. Решение проблем взаимоотношений с другими представителями кошаче-собачьего сообщества было дано на откуп самим владельцам.

В округе было очень мало гостиниц, где разрешали селиться и с кошками, и с собаками. Большинство мелких гостиниц принимало только собак. В гостиницах покрупнее пускали и с кошками, и с собаками, однако собак и кошек селили вместе на одном этаже, а потому требовали держать животных на поводке или в переносках.

— Многие владельцы кошек хотят путешествовать вместе с ними, — настаивала Тикако на стадии планирования гостиницы, — поэтому гостиница должна быть приспособлена и для кошек, и для их хозяев.

Суги принадлежал к фанатам собачьего племени и с сомнением отнесся к словам жены, однако три года спустя был вынужден признать прозорливость супруги.

ХРОНИКА ТРЕТЬЯ

В их округе, помимо хозяйства родителей Тикако, было много других фруктовых садов и виноградников, привлекавших туристов со всей префектуры, однако гостинца, где кошки могли гулять на свободе, не испытывая стресса, была диковинкой.

Благодаря сарафанному радио и постоянным клиентам число гостей с кошками неуклонно росло, и теперь кошатников в гостинице было больше, чем собачников.

Тикако любила кошек, и постояльцев с котами всегда ждал теплый прием, однако сегодня она ожидала особого гостя.

Тикако застелила постель в самом солнечном двойном номере на втором этаже и теперь спускалась по лестнице с кипой грязного белья в руках, что-то мурлыкая себе под нос.

— Какая-то ты сегодня чересчур радостная, — заметил Суги. Он хотел сказать это обыденным тоном, однако вышло довольно недружелюбно.

Тикако озадаченно взглянула на него:

— А ты что, не рад? Ведь сегодня к нам приедет Миаваки со своим котом! Впервые...

— Да нет, я рад, конечно... — поспешно ответил Суги, стараясь сгладить неловкость. — Беспокоюсь только, а вдруг его кот не поладит с нашими животными.

У Сюсукэ и Тикако были пес породы каи-кэн[1] и коричневая кошечка, полосатая и пятни-

---

[1] *Каи-кэн*, или тора (букв. «тигр») — редкая японская порода охотничьих собак.

стая, точно фазан. Псу по кличке Торамару было три года, двенадцатилетнюю кошечку звали Момо. Торамару получил свою кличку Тигр за характерный для этой породы тигровый окрас, а кошку назвали Персиком в честь главного фрукта сада.

— Не волнуйся. Все будет хорошо. Наши звери привыкли к гостям. Не впервой.

— Но Сатору приезжает, чтобы отдать нам своего кота, — не унимался Суги, не обращая внимания на насмешливое выражение лица Тикако, — ты же знаешь. Вряд ли он приедет в приподнятом настроении.

Мияваки Сатору был общий школьный друг Сюсукэ и Тикако. Недавно он прислал им письмо такого содержания: он очень любит своего кота, но непреодолимые обстоятельства вынуждают искать ему новых хозяев.

Сатору не объяснил, что это за «непреодолимые обстоятельства», но Суги читал в газетах, что большая группа компаний планирует массовое увольнение сотрудников, поэтому не стал наседать с вопросами. Насколько он помнил, компания, где работает Сатору, входила в тот список. Уж если такая большая компания увольняет работников, то что ж говорить о фирме Сюсукэ... Он даже порадовался, что успел вовремя уйти сам.

— Если мы даже возьмем его кота, мы можем вернуть его Сатору в любое время, верно? — заметила Тикако и рассмеялась. — Я так и считаю, что мы берем его на время. Но разумеется, я буду за ним ухаживать.

Тикако всегда найдет что возразить. «Берем на время»... Сюсукэ не рассматривал такой вариант. А вот Тикако всегда обращена в будущее. И думает только о хорошем. «Предусмотрительный человек» звучит позитивно, однако на деле Сюсукэ был скорее пессимистом — не то что Тикако.

— Должна же быть какая-то веская причина, чтобы вот так вдруг отдать кота... Но когда-нибудь Мияваки приедет, чтобы забрать его, я уверена.

Тикако, похоже, считает, что любовь Сатору к коту преодолеет все трудности. В вопросах котов они с Сатору всегда были на одной волне.

С простынями в руках Тикако проследовала в ванную комнату.

— Момо, слезь отсюда! — (Видимо, кошка уснула на стиральной машине.) — Сатору сказал, его кота зовут Нана. Будь с ним поласковей! — нараспев проговорила Тикако. — Ах да, тебе тоже надо поговорить об этом с Торамару, слышишь? — окликнула она мужа.

И кошка, и собака были одинаково дороги для обоих, однако они разделили обязанности по уходу. Кошатница Тикако занималась Момо, а собачник Сюсукэ — Торамару.

«Когда в семье назревает важное событие, мы должны сообщать об этом Момо и Торамару». Эта заповедь Тикако стала непреложным правилом семейства Суги.

Сюсукэ сунул ноги в сандалии, оставленные у входа, и вышел во двор. В хорошую погоду Торамару бегал без привязи в специальном загончике. А тесть Сюсукэ, очень гордившийся своим плотницким мастерством, даже построил для Торамару будку.

— Тора!

Заслышав голос хозяина, Торамару покачал закрученным в тугое кольцо хвостом и прыгнул на грудь хозяину. Из опасения, что пес перемахнет через забор, в дни заезда гостей Тикаку с Сюсукэ сажали Торамару на поводок, привязав его к будке. Заводчик, у которого они купили пса, рассказал, как формировалась порода каи-кэн и как она разделилась на два подвида — на более мелких и узкокостных собак, охотившихся на оленей, и более крупных, «специализировавшихся» на диких кабанах. Торамару был образцовым охотником на оленей.

Сегодня и завтра никаких гостей, кроме Сатору, не предвидится, так что Сюсукэ не стал надевать поводок.

— Сегодня вечером приедет Мияваки. Думаю, ты про него слышал. Мы часто о нем говорим, это наш с Тикако общий друг.

Сюсукэ купил Торамару три года назад, когда они только открыли гостиницу. Сатору в тот момент перевелся в другой отдел с крайне напряженным графиком и не мог часто наведываться к ним. Сюсукэ встречался с ним иногда, приезжая в Токио закупить провизию для гостиницы, но Тикако не видела Сатору уже три года, а Торамару вообще увидит его впервые.

ХРОНИКА ТРЕТЬЯ

Сатору всегда был страшно занят, поэтому Сюсукэ полагал, что с работой у него все в порядке, однако из-за сокращения штатов могут быть разные обстоятельства.

— Ты увидишь их в первый раз, Тора, но я надеюсь, ты с ними подружишься — и с Мияваки, и с Нана.

Сюсукэ потрепал Торамару по морде, и пес заворчал. «В таких вот грубых ласках и состоит прелесть общения с собаками», — подумал Сюсукэ. Если бы он позволил себе такое с Момо, она бы вцепилась в него когтями.

— Веди себя хорошо, договорились?

Торамару искательно заглянул в глаза хозяину и снова утробно заворчал.

* * *

...Сегодня, похоже, не будет музыки, наводящей на мысли о вспархивающих голубях.

Сатору не стал включать магнитолу и слушает радио. По радио уже минут десять какой-то благовоспитанный пожилой дядечка с жаром рассказывает о книжках. Похоже, он профессиональный актер.

У него очень изысканная манера говорить, однако порой он употребляет не совсем подходящие слова вроде «дико», «круто», «жесть». Даже мне, коту, становится немного смешно, когда он заявляет, что ему *дико* нравится такая-то книга. Все это, конечно, хорошо и интересно, но я не умею читать. Я уже говорил, что большинство животных понимают на слух много языков, однако чтение — за пределами наших способностей. Чтение и письмо — это особая лингвистическая система, ею владеют только люди.

— Гм, ведущий программы, Кодама-сан, так рекомендует эту книгу... может, и впрямь стоит ее почитать? — подумал вслух Сатору.

Дома Сатору больше читает, нежели смотрит телевизор, и даже порой роняет слезу, переворачивая страницу. Подметив, что я слежу за ним, он недовольно ворчит: «Ну что ты уставился? Отвернись!»

Книжное обозрение подошло к концу, и из приемника полилась детская песенка:

Поднимись над облаками, посмотри, какие горы...

Иногда бывает приятно послушать такую вот расслабляющую, убаюкивающую мелодию. Хотя от нее хочется спать...

Слышишь, гром гремит вдали,
Гору Фудзи видим мы, — выше всех она
в Японии...

Да? На последней фразе я привстал на задние лапы на сиденье и выглянул в окошко. И действительно, справа виднелась огромная треугольная гора.

— О, да ты понял, о чем речь, Нана?

Люди вечно недооценивают наши языковые способности. Они умеют читать и писать, поэтому вечно задирают нос.

— И верно, это песенка про гору Фудзи, очень кстати!

Когда этот треугольник с широким основанием надвинулся на нас, Сатору объявил:

— Вот гора Фудзи!

По телевизору и на фотографиях Фудзи кажется плоской — обыкновенный треугольник, поставленный на землю. Однако в реальности, когда гора надвигается ближе и ближе, возникает чувство, будто она вот-вот раздавит тебя.

— Это самая высокая гора в Японии, ее высота — 3776 метров, есть даже такая считалка, помогающая запомнить это число: «Фудзи-сан-но ёни мина наро» «Давайте все будем как Фудзи-сан!» Слог «ми» в «мина наро» — звучит так же, как название цифры три, слог «на» — как цифра семь, а «ро» — как цифра шесть, в итоге как раз выходит 3776. В мире есть множество высоких гор, но Фудзи-сан не является частью горной цепи, она одиноко стоит на равнине... и для таких одиночных гор она чрезвычайно высокая...

Сатору трещал и трещал, объясняя в мельчайших подробностях, но для котов такая информация не имеет значения.

Я и так уже понял, что гора очень большая. И не нужно столько слов... Теперь мне ясно, почему Фудзи посвящено столько стихов и песен...

Этой вершиной действительно стоит любоваться в ее натуральном виде, своими глазами. На фото или на экране она кажется совершенно заурядной, ну, треугольник, и ничего более... Так я ее и воспринимал до этого момента. Да, большие размеры имеют свои преимущества в жизни. Например, котам большого размера живется намного легче.

Фудзи была ужасно большая, просто огро-о-омная. Интересно, сколько котов в Японии видели ее своими глазами? Полагаю, совсем немного — если не брать в расчет живущих поблизости.

Наш серебристый фургончик прямо как волшебная колесница! Всякий раз, когда я сажусь в него, я попадаю в новое место. И мы с Сатору — самые крутые странники в мире, а я — самый крутой странствующий кот! Точно-точно!

Фургончик съехал с шоссе и углубился в рощицу с рядами ветвистых, тесно посаженных деревьев. На ветвях деревьев висело много-много белых бумажных мешочков — возможно, для того, чтобы они защищали от насекомых созревающие персики. Или чтобы плоды быстрей поспевали.

Потом дорога пошла немного в гору, и, попетляв еще немного, мы наконец оказались перед большим белым домом, в котором кирпичные стены очень удачно сочетались с деревянными надстройками.

— Ну, вот мы и приехали, Нана!

Наверное, это та самая гостиница, о которой говорил Сатору. Где постояльцев пускают с кошками и собаками. Ее держат друзья Сатору. И сегодня там для нас приготовлен номер.

Когда наш фургончик вырулил на автомобильную стоянку мест на десять, к нам вышел молодой мужчина примерно того же возраста, что Сатору.

— Суги, привет! — Сатору помахал мужчине рукой, выгружая сумку из машины.

— А где багаж? Давай помогу.

— Я ж на одну ночь, у меня только переноска с Нана и смена одежды.

Суги поднял сумку Сатору, а Сатору — переноску со мной. Они вместе пошли по дорожке, ведущей по пологому склону ко входу в гостиницу.

— Какое прелестное место! А это что, площадка для собак?

На полпути к гостинице на склоне холма был устроен довольно просторный загончик. Его окружала изгородь, а в глубине виднелась собачья будка.

— Да, я завел собаку, и мне захотелось, чтобы она бегала на свободе.

— Каи-кэн, да? Помню, ты говорил об этом.

Сидя в переноске, я принюхался. И точно, это он — отвратительный запах извечного врага, собаки!

Я всмотрелся через прорези в стенке переноски.

Пес тигрового окраса с устрашающей мордой... Он с вызовом смотрел на меня, встав на задние лапы.

— Да, его зовут Торамару.

— Он спокойно относится к кошкам?

— Ну конечно, ты же знаешь, у нас еще кошка Момо. Многие гости приезжают с котами.

— Ну да, конечно...

Я уже слышал от Сатору, что у хозяев гостиницы есть пожилая кошечка по имени Момо. Сатору еще говорил, что она вдвое старше меня. Я-то совсем еще молодой кот, поладим ли мы с ней?

— Привет, Торамару! Рад с тобой познакомиться! — окликнул собаку Сатору.

Эй, осторожней, Сатору! Это собака! Не надо с ней разговаривать!

Я неодобрительно взглянул на Сатору.

Каи-кэн по имени Торамару злобно покосился на нас и зарычал, показав белые клыки.

— Ты не в настроении?

И тут Торамару угрожающе рявкнул на Сатору. Сатору даже отпрянул от изгороди.

Эй, пес, не смей!

Каждая шерстинка на мне встала дыбом.

Если ты намерен затеять драку с Сатору, то я, как уважающий себя кот, не стану отсиживаться в переноске. Сейчас же извинись, если ты не хочешь, чтобы я порвал твою мерзкую морду в клочья, собачье отродье!

— ТОРА! — прикрикнул на собаку Суги, но пес даже и ухом не повел, продолжая гнусно ворчать.

ХРОНИКА ТРЕТЬЯ

Тогда Сатору принялся успокаивать меня:

— Нана, Нана, не надо, не злись, потерпи...

Он придерживал дверцу переноски, поскольку прекрасно понимал, как мне не терпится добраться до мерзкого пса.

— Прошу извинить, — проговорил Суги. — Но он никогда себя так не вел...

— Не волнуйся! Наверное, мы чем-то рассердили Торамару.

На крики из дверей гостинцы выбежала женщина в фартуке поверх платья. Какая ослепительная красавица!

— Что тут происходит?! Тора плохо себя ведет?

— Пустяки! Привет, Тикако-сан! Давно тебя не видел! — Сатору помахал женщине рукой.

— Прости, Мияваки! Все в порядке?

— Да успокойся, все хорошо! Но кошки и собаки никогда не злятся на меня, я даже слегка растерялся...

Это действительно так. С точки зрения животных, Сатору не представляет угрозы. У всех посторонних кошек и собак он вызывает только положительные эмоции. Этот дурак Торамару, что бросился на него, пожалуй, первый такой грубиян.

— Извини, Сатору, я очень сожалею о случившемся! — Суги еще разок прикрикнул на пса, и тот наконец поджал хвост.

Что, получил, обалдуй?! Так тебе и надо.

— Он хороший пес, верный и надежный. Может, я показался ему подозрительным?

Сатору предпринял новую попытку — протянул руку и погладил собаку по голове. На сей раз пес сидел смирно и спокойно дал погладить себя, но для меня было очевидно, что это всего лишь притворство.

Вот только попробуй еще раз показать свои зубы Сатору — будешь иметь дело со мной!

Мы с псом обменялись враждебными взглядами. Но тут Сатору пригласили в дом, так что последовал брейк.

Нас провели в очень светлую, солнечную комнату на втором этаже.

— Когда устроитесь, спускайтесь вниз, — сказала Тикако и легко сбежала по лестнице.

Я тут же открыл изнутри дверцу переноски и тихонько выскользнул наружу. Надо обследовать помещение! Пол в комнате был дощатый, а сама комнатка, маленькая и аккуратная, оказалась чрезвычайно уютной, с кошачьей точки зрения.

— О, Момо! Ну, здравствуй!

Я обернулся на голос Сатору. В дверном проеме чинно-благородно восседала полосатая кошечка. Вдвое старше меня, но все еще гибкая и грациозная.

Она мяукнула, учтиво приветствуя меня. Мелодичный голос, подобающий воспитанной и изысканной табби.

Я слышала, вы с Торамару встали на тропу войны?

Я возмущенно фыркнул.

ХРОНИКА ТРЕТЬЯ

Этот пес не знаком с хорошими манерами. Скалить зубы на человека, который хочет с тобой поздороваться, — верх неприличия!

Я вложил в свой ответ максимум сарказма, но Момо только усмехнулась.

Прости его, пожалуйста! Для тебя же дорог твой хозяин? Вот и Торамару любит своего.

Выходит, если ты любишь своего господина, значит нужно облаивать его друзей? Это как-то не стыковалось в моей голове. Ничего не понимаю! Совсем ничего. Видимо, догадавшись о моих чувствах, Момо снова улыбнулась.

Извини нас, пожалуйста. Дело в том, что наш хозяин не такой сильный, как твой.

Я опять ничего не понял, но не стал возражать, чтобы не обидеть пожилую даму.

* * *

— Похоже, Нана подружился с Момо. — Спустившись в холл, совмещенный с гостиной, Сатору с сияющим видом показал на второй этаж. — Они там, знакомятся поближе. Вот еще бы Торамару был дружелюбнее... Может, ему не по нраву, что я с котом?

— Вообще-то, постояльцы часто приезжают к нам с кошками, — вздохнула Тикако и, склонив голову, подала чай, настоянный на травах из их сада.

— Дорогой, ты точно все объяснил Торамару как надо? — с шутливым упреком спросила она у мужа.

— Разумеется, — надулся Суги.

Он же сказал псу: «Веди себя хорошо, ладно?» — и Торамару посмотрел ему в глаза. Почему же он кинулся на Сатору?

Может, почуял что-то неладное? И дело тут в нем самом?

— Восхитительно! — причмокнул Сатору, сделав глоток, и Тикако расцвела счастливой улыбкой.

— Рада, что тебе понравилось. Нашим гостям тоже по вкусу. Эти травы я выращиваю в саду. — Тикако с негодованием посмотрела на мужа. — А вот он... когда я первый раз угостила его этим чаем, сказал, что вкус напоминает зубную пасту!

Одно неловкое высказывание сразу после женитьбы — и вот результат... Тикако до сих пор не простила обиды. Суги частенько приходило в голову, что недурно было бы поучиться вести себя с людьми у Сатору — быть тоньше и деликатнее в выражении своих чувств. Но, по правде сказать, Суги всегда было неловко откровенно нахваливать кого-то.

— У него сладковатый привкус. Ты что-то добавляешь?

— Стевию, совсем чуть-чуть.

— Это ты здорово придумала.

— Сатору, я обожаю разговаривать с тобой. С тобой можно обсуждать все, что угодно. Даже чай!

«А я вроде как ни при чем!» — оскорбился Суги. Но ведь мужчина не обязан поддакивать женщине, когда речь идет о травяном чае!

— Похоже, у вас дела идут неплохо, — заметил Сатору.

— Да, пожалуй. Это была удачная мысль — пускать клиентов с кошками.

— Это была моя идея! — тут же вставила Тикако.

— Да, это ее идея, — согласился Суги. — А вот... как дела у тебя, Сатору? Отдаешь кота, как-то вдруг...

Суги постеснялся спросить об этом в письме, решив, что задаст вопрос при встрече.

— Да, я... в общем... — замялся Сатору, неловко улыбнувшись. Он буквально постарел в эту минуту.

— Я слышал, ваша группа компаний начала массовое увольнение работников.

— Да, но... дело не в этом. Тут другие причины.

«Может, сам решил уйти со службы», — подумал Суги, но Тикако подала ему знак глазами, что, мол, хватит уже, замолчи. Суги слегка кивнул в ответ. Похоже, Сатору не склонен обсуждать эту тему.

— У меня гора с плеч свалилась, когда вы согласились взять к себе Нана. Я уже просил нескольких человек, даже возил его к ним — показать, но ничего путного из этого не вышло.

— Я вот что тебе скажу, Сатору. — Тикако выпрямилась в кресле. — Будем считать, что ты отдаешь нам Нана на время. Мы будем очень заботиться о нем, но когда у тебя все уладится и ты сможешь снова взять его к себе — приезжай в любое время.

Сатору словно ударили под дых, он на мгновение крепко сжал губы и потупился, изо всех сил пытаясь сдержать обуревавшие его чувства. Тикако и Суги никогда не видели у него такого лица.

Но через мгновение Сатору поднял глаза и улыбнулся.

— Благодарю! — ответил он. — Стыдно быть таким эгоистом, но я действительно счастлив это слышать.

* * *

Сейчас Сатору был общим другом супругов Суги, но первым он все же подружился с Сюсукэ.

Суги уже несколько лет обращался к Тикако не по имени, а по фамилии — Сакита. Они дружили с самого детства, и прежде он звал ее Тикако, а она его Сю-тян. Из-за того что мальчишки стали его дразнить, Суги перестал называть Тикако по имени. Он и Тикако просил, чтобы она обращалась к нему по фамилии — Суги, однако та из упрямства продолжала звать его Сю-тян. Суги было неловко, но в то же время приятно.

В старшей школе Сатору, Сюсукэ и Тикако оказались в одном классе.

Ученики, которые перешли сюда из одной и той же средней школы, ходили стайками и приглядывались к новеньким. Сатору держался особняком. Он болтал то с теми, то с другими, но было видно, что знакомых из его прежней школы тут нет.

Как выяснилось позже, Сатору перевелся сюда из другой префектуры во время весенних каникул и сдавал вступительные экзамены, а потому не знал ни души. Сам он потом со смехом рассказывал, как ему до смерти хотелось с кем-нибудь подружиться.

Подходящий случай представился во время очередных экзаменов.

Перед экзаменом Суги всю ночь корпел над учебниками, и наутро мозг у него был туго набит математическими формулами и английскими словами. Он ехал на велосипеде в школу, крутя педали с максимальной осторожностью, дабы от непредвиденного толчка не выплеснуть из головы все только что приобретенные знания.

Но тут он заметил какую-то знакомую фигуру. Это, кажется, Мияваки, парень из их класса, подумал Суги и подъехал поближе. Сатору неподвижно стоял у глубокой канавы, велосипед валялся рядом.

Собственно, канава была частью дренажного канала между полями, шириной с приличный ручей и немалой глубины — в рост ребенка. Стенки ее были забетонированы. Сатору с серьезным видом изучал нечто на дне канавы.

Суги стало интересно, что это он там высматривает, однако времени оставалось в обрез. Их глаза встретились, Сатору явно заметил его, но Суги все же хотел проехать мимо, просто поздоровавшись. Однако в последний момент передумал, решил, что это будет неловко, и все-таки остановился.

— Что тут такое? — спросил он.

Сатору с удивлением посмотрел на него. Он, видимо, думал, что Суги проедет мимо.

— Да вот, небольшая проблема...

Сатору показал на дно канавы. Теперь и Суги рассмотрел маленькую собачонку. Собачонка тряслась мелкой дрожью. Ей удалось взобраться на небольшую отмель из гравия и земли, которую намыл посередине канавы поток, но ее густая бело-коричневая шерстка намокла и прилипла к тельцу.

— Похоже, ши-тцу![1]

Суги знал эту породу, потому что точно такая же собака была у Тикако. Родители Тикако занимались выращиванием фруктов на продажу, и у них был свой сад, а еще они обожали животных. С самого детства у Тикако в доме жило по нескольку кошек и собак — для привлечения клиентов. Суги всегда завидовал этой бесконечной веселой чехарде.

Семья Суги жила в казенном доме, принадлежавшем компании, в которой работал его отец, и квартира у них была самая заурядная — типичное жилище типичных служащих сред-

---

[1] *Ши-тцу* — одна из древнейших в мире пород декоративных собак.

него звена, к тому же мать страдала аллергией, и они могли держать разве что золотых рыбок и черепах, у которых нет шерсти. Суги с детства страстно мечтал о собаке, но это все пустые грезы, пока он живет с родителями, так что отчасти ему удавалось выплеснуть свою страсть в доме Тикако.

— Свалилась в канаву...

Сатору кивнул. Во всяком случае, никаких ступенек, ведущих на дно канавы, поблизости не наблюдалось.

— Такие собаки не бывают бродячими. Наверное, отошел далеко от дома и заблудился...

У Тикако собак выпускали бегать на воле на целый день, чтобы покупатели, собирающие в саду фрукты, могли получить максимум удовольствия, однако родители бдительно следили за тем, чтобы собаки ночевали дома.

— Ты поезжай, — посоветовал Сатору. — Какой смысл торчать здесь вдвоем.

Однако Суги мгновенно просчитал все последствия и понял, что если он сейчас проигнорирует маленького заблудившегося песика и это потом выплывет наружу, то Тикако придет в страшное негодование.

— Но... но я беспокоюсь за него!

Поглядывая на часы, Суги слез с велосипеда. Успеть вовремя в школу уже не получится, однако если он приедет к началу первого занятия, после классного часа, то еще успеет сдать экзамен.

— Давай вытащим его поскорее.

— Хороший ты парень, Суги! — радостно улыбнулся Сатору.

Суги волновал только возможный разнос от Тикако, а потому его неприятно резанула похвала Сатору.

— Если мы туда спустимся, обувь промочим. Там воды по щиколотку.

Отмель, на которой стоял песик, была слишком далеко, чтобы допрыгнуть до нее, — с какой стороны ни подойди. Из-за водорослей и травы дна не видно, а лезть в ручей босиком опасно — можно порезаться осколками стекол.

Тут Суги заметил на обочине дороги кучу досок — похоже, остатки брошенных кем-то строительных лесов. Он кинулся к ним и вытащил подходящую по длине доску:

— Давай опустим ее под наклоном, может, собака сумеет взобраться по ней на берег?

— Давай!

Но ши-тцу и ухом не повел. И даже не взглянул на доску, которую мальчишки подсунули ему под самый нос.

Они попробовали приманить пса, но он только трясся и не двигался с места.

— Возможно, он плохо видит, — озабоченно заметил Сатору. — Если всмотреться, вот так, немного сбоку, глаза какие-то мутные... возможно, у пса катаракта.

Мордочка у песика была совершенно щенячья, возраст не определить, но шерсть точно была тусклая.

— Удивительно, как он вообще туда попал.

Рядом проходила оживленная автострада, и просто чудо, что собаку не переехала машина. А в ров он свалился, видимо, потому, что и впрямь полуслепой.

— Я иду вниз. Если по доске, то ноги не промочишь. — Сатору ступил на доску, которую они спустили в канаву собаке.

— Эй, осторожней!

Доска оказалась гнилая. Собаку она, быть может, и выдержала бы, а вот подростка...

Не успел Суги подумать об этом, как раздался громкий треск.

— А-а-а!

Мгновение Сатору балансировал на доске, но потом она развалилась, и обломки рухнули вниз. Последовал отвратительный всплеск: Сатору плюхнулся в воду, взметнув фонтан брызг.

Ши-тцу истерично залаял и, не разбирая дороги, помчался прочь по водянистому дну канавы.

— Да стой же ты, сто-о-ой!

Сатору вскочил, устремляясь следом. Но он так громко плюхал ногами по воде, что только сильней напугал ши-тцу. Пес и не думал останавливаться. Невозможно было поверить, что это старая полуслепая собака.

— Я забегу вперед и спущусь там! Так мы его изловим. Не давай ему уйти!

Суги помчался вперед по дороге, опередив улепетывавшего ши-тцу, и кубарем скатился в канаву.

Раздался громкий плюх, вода словно взорвалась, взметнувшись вверх. Ши-тцу подпрыгнул и остановился. Потом развернулся и помчался в обратную сторону.

— Он бежит к тебе, хватай его!

Сатору бросился на пса, как вратарь на мяч. Пес попытался вырваться, но Сатору удалось ухватить его за заднюю лапу. С перепугу ши-тцу вцепился зубами в руку преследователя.

— Ай, больно!
— Держи, не отпускай!

Суги, сорвав с себя пиджак, набросил на пса и скрутил его. Пес смирился и затих.

— Ты как? — спросил Суги у Сатору.

Сатору невесело усмехнулся:

— Не очень. Сильно цапнул.

Сатору показал Суги правую руку. На коже алели следы от ряда острых зубов, из некоторых особо глубоких ранок обильно текла кровь. Маленькая собачка, а знает, как кусаться!

— Надо в больницу!

«Да, с экзаменами сегодня явно не судьба», — грустно подумал Суги.

Оставив собаку в полицейском участке у автострады, они направились в больницу, но там возникли трудности. У Сатору не оказалось с собой страхового свидетельства и наличных денег тоже было мало — откуда у школьников столько наличных? Пришлось предъявить свои школьные удостоверения и пообещать, что они придут потом расплатиться. После всех передряг Сатору наконец обработали руку.

В школу они попали уже после второго урока.

Суги с Сатору направились в учительскую и объяснили классной руководительнице, что произошло. Все это звучало как розыгрыш, однако вид мокрого как мышь Сатору с забинтованной рукой произвел должное впечатление. Во всяком случае, учительница им поверила.

— Что стряслось? — поинтересовалась Тикако строгим тоном старшей сестрицы, когда они вошли в класс. Однако после рассказа о спасении ши-тцу она тоже захотела увидеть собаку, поэтому по пути домой все трое заехали в полицейский участок.

Старенький ши-тцу с затуманенными глазами сидел на поводке в уголке коридора, рядом стояли миска с водой и миска с сухим кормом. Владелец собаки так и не объявился.

— Он и в самом деле совсем старый и почти ничего не видит.

Тикако опустилась на колени рядом с собакой и поводила рукой перед ее глазами. Пес реагировал на движения с сильной задержкой.

— Может, вы заберете собаку себе? — спросил немолодой полицейский. — Это не наша работа — ухаживать за потерявшимися животными. И мы не сможем долго держать его здесь.

— А что будет потом? — спросил, в свою очередь, Сатору.

Офицер задумчиво наклонил голову:

— Если владелец не объявится сегодня-завтра, мы отправим его в собачий приют.

— Но это жестоко! — возмутилась Тикако. — Они его усыпят, если хозяин не успеет найтись.

Огорченный Сатору тихонько толкнул Суги локтем:

— Суги, а ты не можешь взять его к себе?

Вместо того чтобы препираться с полицейским, Сатору пытался найти практическое решение вопроса.

— Увы. У мамы аллергия на шерсть, мы не можем держать животных. Мияваки, а ты?

— Мы живем в доме, принадлежащем компании, там не разрешают держать животных.

Тикако, которая все еще пререкалась с полицейским, вдруг обернулась.

— Ладно, я заберу его к нам! — выпалила она.

— Может, не стоит так сразу? Сперва посоветуйся с родителями.

Сатору явно смущало ее скоропалительное решение, но Тикако метнула на него яростный взгляд:

— Мы не можем оставить собаку здесь!

Тикако позвонила домой с платного телефона, висевшего в холле, и примерно через час к полицейскому участку подрулил грузовичок ее отца. Отец погрузил в кузов велосипед Тикако, сама она забралась на сиденье рядом с водителем, посадив ши-тцу к себе на колени.

— Пока! Мияваки, если тебе интересно, можешь приехать ко мне посмотреть, как он устроится.

— А, да... Спасибо.

Сатору явно оторопел от такого напора.

Когда Тикако умчалась как ураган, мальчики переглянулись и дружно прыснули.

— Ну, Сакита-сан — это сила!

— Да уж. Она всегда была такой, когда дело касалось животных. С самого детства.

— Так ты давно с ней знаком? — не унимался Сатору. Ему требовалась информация.

— С самого детства, — пояснил Суги.

— Вот оно что... — понимающе протянул Сатору. — Поэтому она и зовет тебя Сю-тян.

— Я просил ее не называть меня так! Это неприлично.

— Что тебе не нравится? Это же твоя подруга детства — очень надежная и такая хорошенькая.

Сатору так легко произнес это слово — «хорошенькая», что Суги даже опешил. Тикако и в самом деле была живая, добрая и — да, хорошенькая. Суги всегда знал это. Но он никогда не говорил о подобных вещах вслух. И почему-то сейчас ему показалось, что он проиграл.

— Но как ее родители отнесутся к тому, что она притащит в дом собаку? Они действительно не станут возражать? — уточнил Сатору.

— Все будет прекрасно. У них вся семья обожает животных. В доме уже пять или шесть кошек и собак.

— Да? Кошки тоже есть?

— Тикако большая любительница кошек.

Сатору радостно улыбнулся:

— Я тоже люблю кошек. Я и за ши-тцу волнуюсь, конечно, но еще больше мне хочется посмотреть на ее кошек.

Суги ощутил новый прилив беспокойства. «Сатору с Тикако подружатся, можно не сомневаться», — подумал он.

В тот вечер Тикако позвонила Суги. На нее явно произвел впечатление его подвиг — он пропустил экзамен ради спасения собаки. Что она и высказала ему в лестной форме.

— А кстати, кто из вас первым заметил ши-тцу?

Суги очень хотелось сказать, что это был он, он! — по крайней мере, эта мысль проскользнула в его голове. «Но если бы это был я, я бы точно проехал мимо, — тотчас подумал он. — Возможно, на обратном пути из школы я бы зарулил туда проверить, как там собака... Но и только».

— Ну... мы... мы оба оказались там практически одновременно.

Маленькая невинная ложь. Но ощущение, будто он стер рукой стеклянную пыль. Вроде и не поранился, а саднит. Нестерпимая боль.

ХРОНИКА ТРЕТЬЯ

— Но первым его увидел Мияваки, — поспешно добавил он.

— Мы пока мало знакомы с Мияваки, но, кажется, он хороший парень.

Похоже, Сатору понравился Тикако. Собственно, он так и предполагал.

После этого случая они часто болтали втроем. И оба наведывались к Тикако посмотреть, как там бродяжка-ши-тцу.

Родители Тикако с давних пор отправляли Суги работать в саду — всякий раз, когда он заходил к Тикако. Теперь та же участь постигла Сатору. Манера разговора у него была как у типичного городского подростка, однако, к большому удивлению окружающих, Сатору оказался привычен к крестьянской работе, так что родители Тикако нарадоваться на него не могли.

Хозяин потерявшегося ши-тцу так и не появился, и собака прижилась в доме семейства Сакита. Сатору чувствовал себя крайне неловко и несколько раз заводил речь о том, что подыщет ши-тцу хозяина, однако Тикако всякий раз обрывала его.

Новый ши-тцу быстро подружился с молодым ши-тцу, который уже жил в доме до его появления, и они были как отец с сыном — неразлейвода. Тикако называла новую собаку «ши-тцу, которого подарил Мияваки», что было вполне в ее стиле.

Кошки в доме Сакита больше жаловали Сатору, нежели Суги. Они с первой минуты почуяли, что Суги — поклонник собак. Но тут он не сильно проиграл, потому что собаки больше любили его. В том числе и «ши-тцу, которого подарил Мияваки» явно предпочитал общество Суги, хотя своим спасением был обязан Сатору, — видимо, так и не забыл той сцены с поимкой.

Однажды в школе Сатору листал газету, просматривая объявления о платной подработке — на неполный рабочий день. Приближалась пора экзаменов, конец триместра, и учителя без конца подшучивали над Сатору и Суги, заклиная их больше не спасать бродячих собак.

— Подыскиваешь работу на каникулы? — спросил Суги.

— Да вот... присматриваю работу с хорошей почасовой оплатой.

— Но здесь, наверное, труднее найти хорошую работу, чем в городе?

Мияваки согласно кивнул:

— Я стал подыскивать подработку, как только поступил сюда.

Вообще ученикам старшей школы запрещается подрабатывать во время учебы.

— Почему? Не хватает на карманные расходы?

— Нет, дело не в этом. Хочу на каникулах съездить в одно место. И отправиться туда как можно скорее.

— Куда?
— В Кокуру.

ХРОНИКА ТРЕТЬЯ

Суги не мог взять в толк, почему именно Кокура, а не более оживленная соседняя станция Хаката.

— Там живут мои дальние родственники. Когда-то они взяли нашего кота, мы не могли больше держать его. И я ни разу не съездил его повидать, с тех самых пор.

Вот оно что, догадался Суги, дело не в Кокуре, а в коте.

— А почему вы не могли его держать?

Суги задал вопрос просто так, без особого умысла, однако Сатору криво улыбнулся. Он явно не знал, что ответить. Суги уже прикидывал, как бы сменить тему, как на них упала чья-то тень.

Это была Тикако. Она рассмеялась своим неизменно беззаботным смехом:

— А я все слышала, я все слышала!

— Как это ты умудряешься всюду поспеть? — поддразнил ее Суги.

— Фу, противный! Молчи! — парировала Тикако. — Мне очень понятны чувства Сатору, который хочет встретиться со своим любимым котом! И я не отстану, пока не помогу!

— Ты знаешь, где найти работу? — спросил Сатору.

— Да. И ты можешь приступить к ней уже в эти выходные! — с гордостью ответила Тикако.

— Может, и мне скажешь? — Суги прикинул, что и ему было бы неплохо найти работу на лето.

— Вообще-то, учащимся школ запрещено работать во время учебного года, однако если это работа в рамках семейного бизнеса, то можно. А уж если ученик «оказывает помощь» бизнесу родителей своих одноклассников, то можно даже получить разрешение работать во время учёбы по субботам и воскресеньям, нужно только подать соответствующее заявление. Это засчитывается как «социальные исследования», — пояснила Тикако. — В общем, Сатору может получить работу в нашем фруктовом саду. Правда, платить родители много не смогут, но я попрошу, чтобы тебе выдавали оплату еженедельно, поэтому если начнёшь прямо сейчас, то в начале августа сможешь поехать, куда собирался.

— Спасибо тебе! — От волнения Сатору так резко вскочил, что едва не уронил стул.

Наступило время сбора урожая, и в сад семьи Сакита потянулись покупатели. Суги тоже работал по воскресеньям, за исключением экзаменационных периодов. За час работы им платили даже меньше, чем в небольшом супермаркете, однако к выпускным экзаменам Суги смог накопить около двадцати тысяч иен.

Когда начнутся каникулы, можно будет работать каждый день. Если хорошенько потрудиться в июле, то Мияваки накопит к августу приличную сумму — хватит и на поездку, и на личные расходы, подсчитывал Суги.

— Сю-тян, а ты на что хочешь потратить деньги?

— Пока не думал, — ответил Суги, но это была ложь. — Хочешь, сходим в кино? — предложил Суги как бы между прочим, словно эта идея только что пришла ему в голову.

— Ты платишь? — Как он и ожидал, Тикако не почуяла подвоха и заглотила наживку.

— Ну конечно, это ведь ты сосватала мне работу.

— Ура! Может, еще и угостишь чем-нибудь?

— Хорошо, хорошо, ну конечно, — слегка улыбнулся Суги, едва сдерживаясь, чтобы не запрыгать от счастья.

— Супер! А ты не шутишь? Смотри не передумай потом!

Тикако радовалась, как ребенок, что Суги оплатит счет, — было очевидно, что она даже не рассматривала это как свидание. Но Суги было достаточно и этого — во всяком случае, на данном этапе.

К чему торопить события.

В начале последней недели июля Сатору не явился утром на работу.

Это было так не похоже на него, Сатору всегда отличался пунктуальностью, к тому же он никого не предупредил. Что у него стряслось? — гадал Суги.

Сатору появился только через час.

— Прошу извинить меня за опоздание, виноват, — обратился он к родителям Тикако.

— Ничего страшного, — ответили ему, но он словно не слышал.

Во время обеда всех троих пригласили в дом. Сатору был мертвенно-бледен, еще бледнее, чем утром, и молчалив. На вопрос, что случилось, не ответил.

— Что-то с котом? — догадалась Тикако.

У Сатору задрожали губы. Он потупился, изо всех сил стараясь держаться, но слезы хлынули градом.

— Его задавила машина, — дрогнувшим голосом сказал он и умолк. Видимо, ему сообщили об этом сегодня утром.

— Ты ведь очень любил его, да? — удрученно спросила Тикако.

— Он был частью моей семьи, — хрипло прошептал Сатору.

«Если он так любил своего кота, тогда зачем отдал его чужим людям? Не нужно было с ним расставаться», — подумал Суги без особого сострадания. Возможно, потому, что его терзала болезненная ревность: уж больно дружно эти двое, Сатору с Тикако, любили котов.

— Он жил у нас в доме, пока не погибли родители... — добавил Сатору, и Суги пронзило острое чувство вины. Зря он так скверно подумал о друге.

— ...и ты хотел навестить его, — закончила за Сатору Тикако.

«Какая же она чуткая и добрая, — подумал Суги. — А я — я совсем другой... ну почему я такой подлый? Как хочется, чтобы Тикако никогда не стыдилась меня...»

Он не знал, что у Сатору умерли родители. Если бы знал, то не стал бы осуждать приятеля. Но все равно ему никогда не стать таким, как Тикако, — любящим и всепонимающим.

Помявшись, Суги все же решил сказать хоть что-то.

— Что думаешь делать? Будешь работать дальше? — спросил он у Сатору.

Тикако сделала «страшное» лицо: ты что несешь?! В такой момент!

Но даже сейчас Суги не мог заставить себя пожалеть Сатору.

— Какой теперь смысл ехать в Кокуру? — Сатору шмыгнул носом и вымученно улыбнулся.

— Ты непременно должен поехать. Заработай недостающую сумму и поезжай попрощаться с ним.

Сатору удивленно моргнул.

— Тебе нужно оплакать погибшего кота по всем правилам. Без этого ты не сможешь отпустить прошлое. Нельзя сидеть и страдать из-за того, что не успел повидаться. Поезжай — и поплачь там о нем. Расскажи ему, как ты скорбишь, что не успел и как хотел приехать. Пока не сделаешь это, твой кот не упокоится с миром.

Суги понимал, какой бурный отклик в душе Сатору вызвали слова Тикако. Даже у него, такого толстокожего, черствого человека, защипало глаза.

После этого случая Сатору приходил на работу с улыбкой и ни разу не обмолвился о своих переживаниях. В трудах и хлопотах время летело быстро, Сатору отработал до середины августа и уехал в Кокуру перед самым концом летних каникул. Вернулся он совершенно другим человеком, словно в нем наконец прорвался изводивший его гнойник.

Сатору привез подарки обоим — и Суги, и Тикако.

Суги он купил, как тот и заказывал, местный рамэн, которым славилась Хаката, а Тикако — упаковку матирующей бумаги и маленькое ручное зеркальце, которые приобрел почему-то в Киото.

— Вау! Это же бумага от «Ёдзия»!

Похоже, брэнд был действительно знаменитый, потому что Тикако зашлась от восторга. Но тут ее окликнула подруга, и Тикако, бросив на бегу: «Спасибо!» — стремительно исчезла.

— Ты и в Киото заехал? — поинтересовался Суги.

Сатору кивнул:

— У нас была школьная экскурсия в Киото, когда я еще учился в начальной школе... Во время поездки погибли в автокатастрофе мои родители.

Выходит, Сатору специально заехал в Киото... и на то была причина куда более веская, нежели подарки для Суги и Тикако.

— Мама тогда попросила купить ей в Киото матирующую бумагу от «Ёдзия». Я искал, но так и не нашел ее. Мой друг купил ее для меня тогда же, но это не то... я не *сам* ее купил.

— А зеркальце?

— Ну а зеркальце... мне просто захотелось купить его для Тикако.

Слушать все это было нестерпимо больно.

Вообще-то, этот рассказ предназначался для ушей Тикако. Но Суги не желал, чтобы она услышала.

Суги уже начинал жалеть, что судьба свела его с Сатору в тот день, когда ши-тцу свалился в канаву. Лучше бы кто-то другой помог ему вытащить пса.

Суги не стал пересказывать Тикако новости про Киото. Он успокоил свою нечистую совесть не слишком убедительным доводом — мол, если бы Сатору очень хотел, то и сам рассказал бы Тикако.

Теперь Суги жил в постоянной тревоге — ему казалось, что он теряет свое единственное преимущество. Преимущество знакомства с Тикако с младенческих лет.

Она всегда звала Сатору по фамилии — Мияваки, а к Суги обращалась как в детстве — Сютян. Но очень скоро он понял, что теперь это не имеет существенного значения. Знай Тикако о чувствах Сатору, она наверняка воспылала бы ответной симпатией.

Тикако такая живая и нежная. Добрая. Он, Суги, из кожи вон лезет, чтобы не потерять лицо и быть достойным Тикако, а Сатору и стараться не надо.

А еще этот ужас, который Сатору пережил в детстве.

У Сатору погибли и папа, и мама, у него отняли обожаемого кота, в итоге он так и не застал его в живых... однако Сатору никого ни в чем не винил и не клял свой злой жребий.

На его месте Суги не преминул бы воспользоваться случаем, изображая страдальца, и извлек бы из трагедии пользу, разжалобив Тикако.

И как только Сатору удается быть таким невозмутимым и естественным? Чем ближе Суги узнавал Сатору, тем хуже становилось у него на душе. Ему никогда не выиграть гонки с Сатору! Суги чувствовал себя ущербным, хотя дом у них всегда был полная чаша, а родители исполняли все его прихоти.

Он должен благодарить судьбу, которая всегда была милостивее к нему, чем к Сатору, но он постоянно брюзжит, изводит родителей из-за пустяков, говорит гадости, временами доводя мать до слез.

(У меня есть все, что нужно в жизни, ну почему я такой мелкий, ничтожный человек? У Сатору все гораздо хуже — почему он добрее и щедрее меня?)

Но ведь и Тикако росла в таком же достатке, что и Суги, она тоже не знала ни в чем отказа, однако не испытывает унижения рядом с Сатору. Она общается с ним с наслаждением! От этого Суги чувствовал себя совсем несчастным. Да, это так — потому что Суги и Тикако похожи, они сделаны из одного теста. Вот их и тянет друг к другу.

Все кончится тем, что он потеряет Тикако! Несмотря на то что любит ее давно, с детства, гораздо дольше, чем Сатору.

— Интересно, а у Мияваки есть любимая девушка?.. — проронила однажды Тикако. Фраза прозвучала ровно, словно была сказана невзначай. В тот раз Сатору с ними не было.

Это был удар под дых. Суги явственно ощутил, как земля уходит у него из-под ног.

— Я люблю Тикако! Я всегда любил ее, с самого детства! — объявил Суги в разговоре с Сатору. Рассчитывая, что, услышав такое признание, верный товарищ откажется от своих чувств, Суги нарочно открылся Сатору, притворившись, будто просит совета.

Сатору изумленно посмотрел на него.

— Я тебя понял, — сказал он с улыбкой после небольшой заминки.

(Ты меня понял? Ну разумеется, ты-то должен меня понять.)

При помощи этой уловки Суги удалось удержать Сатору от объяснений с Тикако, и тот, не сказав ей ни слова, самоустранился.

В выпускном классе, весной, Сатору перевелся в другую школу. Его тетю фирма постоянно перебрасывала с места на место.

Суги действительно было жаль расставаться с Сатору, но в то же время он испытал колоссальное облегчение. «Вот теперь все будет как надо», — подумал он.

* * *

— Послушай... как ты умудряешься быть таким хорошим, если ты такой несчастный? — заплетающимся языком выговорил Суги.

Перед ужином они откупорили вино. Суги специально купил для такого случая бутылку местного красного «Адирон». У вина был сладковатый привкус и аромат, оно пилось очень легко, так что опьянение наваливалось внезапно.

Тикако не было в комнате, она отправилась в душ. И в этот момент у Суги отказали тормоза.

— Не знаю, насколько я хороший, — сухо рассмеялся Сатору, — но я никогда не был несчастным, ты что-то напутал.

— Зачем ты упираешься? Зачем отрицаешь, что жизнь была к тебе несправедлива? Хочешь, чтобы мне стало стыдно?

— Это тебе вино ударило в голову. Давай-ка трезвей поскорее, пока Тикако-сан не вернулась. — Сатору взял со стола бутылку и отставил ее подальше.

* * *

Мы, коты, начинаем кататься-валяться от кошачьей мяты, ну а на людей, похоже, так же действует вино.

Сатору тоже иногда выпивает дома. Он любит немного выпить, когда смотрит бейсбол или футбол, ну, эти человечьи игры с мячом, — и сразу становится жутко веселым, а потом очень быстро заваливается спать.

Если я в такие моменты прохожу мимо него неосмотрительно близко, он хватает меня и начинает тискать, приговаривая «Нана-тя-а-ан!»

таким приторным голосом, что меня с души воротит. Поэтому в такие моменты я стараюсь держаться подальше. К тому же от него разит перегаром.

Иногда он набирается где-то на стороне и приходит домой уже в подпитии, тогда от него тоже воняет спиртным, но Сатору всегда в приподнятом настроении. Поэтому я привык к тому, что выпивший человек непременно веселый. Как кот, нанюхавшийся кошачьей мяты.

Я первый раз видел такое — Суги, выпив, впал в черную меланхолию. Когда Тикако ушла в ванную комнату, он как-то съежился и начал брюзжать, говоря обидные для Сатору слова.

Зачем вообще пить, если это не приносит радости?

Лежа на телевизоре, стоявшем в углу гостиной, я наблюдал за обоими. Кончилось тем, что Сатору убрал бутылку подальше от Суги.

Кстати сказать, мне чрезвычайно понравился телевизор в доме Суги. У нас дома телевизор тонкий и плоский, как доска, а здесь он имел форму ящика — настоящая мечта котов, очень уютно. К тому же он был слегка теплый и приятно грел мне пузо. Наверное, лежать на нем в зимние дни — невыразимое наслаждение.

Это очень старый телевизор, сообщила мне Момо. Говорят, в давние времена все телевизоры были такие. Отказ от столь совершенной формы во имя невыразительной плоской доски — это очевидный шаг назад с технической точки зрения, вот что я вам скажу. Еще Момо сказала, что можно легко вычислить возраст кошки, — в зависимости от того, знает она телевизоры в форме ящика или нет. Но в этом доме Тикако заботится об удобстве для кошек, и потому здесь нет этих новомодных плоских экранов. Я считаю, это превосходное решение.

А почему ты такой недовольный? — поинтересовалась Момо. — *Если тебе надоело на нем лежать, я могу сменить тебя.*

Момо растянулась на стоявшей рядом софе. Только тут я сообразил, что она уступила мне — гостю — самое лучшее местечко в доме на крышке телевизора.

Да нет, дело не в этом... — Я покосился на продолжавшего что-то бубнить Суги.

Говорят, что они друзья, но мне кажется, хозяину не слишком нравится твой Сатору, — заметила Момо.

Я попытался ей возразить, но Момо тонко улыбнулась:

Не надо думать, что Суги не рад приезду Сатору. Вчера он специально поехал за этой бутылкой. Сказал, что непременно хочет угостить твоего хозяина.

Тогда почему он так обижает Сатору? Говорит, что Сатору хороший, но с таким выражением, будто недоволен этим?

Он любит Сатору, но в то же время завидует ему. Моему хозяину очень хочется походить на твоего хозяина.

Не понимаю! Сатору — это Сатору, Суги — это Суги.

Это все так. Но моему хозяину кажется, что Тикако любила бы его сильнее, будь он таким, как Сатору.

Ой-ей-ей... вот где собака зарыта...

Было время, когда нашей Тикако очень нравился твой хозяин.

Давняя история, — пояснила Момо. Это произошло еще до ее рождения, когда хозяева были совсем молодые. Почти дети. А ей об этом рассказала кошка, которая в те времена жила у Тикако.

А что Сатору? Ему тоже нравилась Тикако?

«Если бы женщина, которая хранит старенький телевизор ради удобства кошки, стала женой Сатору... вот было бы здорово!» — подумал я.

Этого мы не знаем. Но наш хозяин чувствует себя виноватым перед Сатору — после той истории с Тикако, — пояснила Момо.

«Какой-то дурацкий разговор», — мелькнуло у меня в голове. Тикако выбрала Суги и вышла за него замуж, теперь-то что дрова ломать?

У котов все очень просто, самка сама выбирает себе самца. И так не только у котов, у всех животных так, выбор самки — это закон. У меня, правда, нет любовного опыта — ведь Сатору взял меня в дом, когда я был совершенным юнцом. Слишком мелким и слишком *няшным*, чтобы привлечь самку. Будь я покрепче и морду бы мне пошире и посуровей, может, все и сложилось бы. Взять, к примеру, Ёсиминэ... Будь он котом, отбоя бы не было от поклонниц.

Но теперь кое-что начало проясняться... — Я посмотрел на Момо с крышки телевизора. — *Это собачье отродье... у него хозяин — Суги?*

Собаки вообще не отличаются трезвым умом. Если хозяин скажет им «фас», они не станут особо раздумывать, почему, собственно, «фас». Значит, скорее всего, пес уловил флюиды хозяина и встал на его защиту.

Вот коты — совершенно другие. Пусть хозяин хоть лоб себе расшибет, он не заставит кота сделать то, что нужно хозяину. Коты живут своим умом.

Торамару еще молодой, он все воспринимает слишком буквально.

Вечером пса привели в дом, однако сразу же заперли в другой комнате. Он больше не лаял на нас, как при встрече, но поскольку этот дурило нагрубил Сатору, я уже был на взводе.

— О-о-о, я смотрю, ты уже перебрал.

Это Тикако вышла из ванной.

— Пойдем спать? — Тикако уговаривала мужа, как маленького, но Суги мотал головой и упирался, как капризный ребенок.

— Не пойду, пока вы с Сатору не ляжете!

Тикако с Сатору переглянулись с усмешкой. Их лица так и светились любовью. Неужели им так дорог этот пьянчужка? Удивительно. Ужас, если я выгляжу так же, нанюхавшись кошачьей мяты.

— Я что-то устал, пойду-ка тоже спать, — не выдержал наконец Сатору.

ХРОНИКА ТРЕТЬЯ

Он поставил Суги на ноги. Но либо тот оказался тяжелее, чем думал Сатору, либо ноги у него не слушались, только Сатору вдруг пошатнулся. Тикако мигом вскочила и подхватила Суги с другой стороны. Вдвоем они дотащили его до спальни.

* * *

Вскоре после отъезда Сатору Суги начал встречаться с Тикако.

Оба решили поступать в один и тот же университет. Посоветовавшись, они выбрали Токио. В дальнейшем Тикако планировала заняться семейным бизнесом — садом, а потому учеба в другой префектуре была единственным шансом хоть на время вырваться из привычного окружения. Для молодой девушки это было нормальным и совершенно невинным желанием — немного пожить в большом городе.

И тот и другой успешно выдержали экзамены, Тикако поселилась в доме у родственников, а Суги пришлось удовольствоваться общежитием. Комната была на двоих, и Суги немного тревожила перспектива общения с будущим соседом, однако у общежития было два существенных преимущества — удобное месторасположение и невысокая плата.

Он договорился встретиться с Тикако перед торжественной церемонией для поступивших, — после того как решится вопрос с жильем, — и вот Суги с картой в руках уже брел по незнакомому району в поисках общежития.

Переулки петляли и переплетались, Суги даже слегка заблудился и долго ходил кругами, однако все же добрел до места почти в намеченное время.

Он заполнял формуляр на стойке регистрации, когда его окликнули:

— Суги!

Суги еще не успел завести здесь знакомств, а потому удивленно оглянулся. И оцепенел.

— Мияваки! — вымолвил он, чувствуя, что весь холодеет. Это, конечно, большая удача — встретить старого друга в незнакомом месте, но возникал вопрос — а как он здесь очутился? Закравшееся подозрение смешалось с чувством вины, которое преследовало Суги со дня отъезда Сатору.

— Я слышал от Тикако, что она хочет сюда поступать, и подумал, что и ты тоже... и не ошибся.

— Слышал от Тикако?! Вы что, встречались после твоего отъезда?

— Да нет же. Она прислала мне письмо.

Вся эта история произошла в те времена, когда у школьников еще не было мобильных телефонов.

— Я же дал вам обоим свой новый адрес, так? Ну, она и прислала мне письмо. А вот от тебя я так и не дождался, — попенял Сатору другу.

Это было не совсем честно: трудно ожидать подобного рвения от ученика старшей школы.

— Но я тебе звонил! Несколько раз.

— Да ладно, так всегда, с возрастом у всех начинается своя жизнь. Я ведь тоже нечасто встречаюсь с друзьями из прежней школы, хотя мы много болтаем по телефону. Когда я получил письмо от Тикако, я очень удивился и подумал, вот девчонки — они все-таки добросовестнее нас. После этого мы стали писать друг другу.

Да, и в одном из писем она написала Сатору, куда намерена поступать, подумал Суги. И именно потому Сатору тоже собрался сюда... скорее всего, так и есть.

— Тикако не говорила, что ты тоже хочешь в этот университет.

— Само собой. Потому что я не писал ей об этом, — ответил Сатору. — Ведь если бы кто-то из нас провалился — ты или я, — вышло бы крайне неловко. Во всяком случае, мне было бы неприятно. Ведь пришлось бы сказать друг другу о результатах экзаменов... Вы с Тикако — совсем другое дело, вы поступали вдвоем, вы поддерживали друг друга. Между вами и мной есть разница.

Все вроде и выяснилось, тут действительно не было никакого подвоха, однако у Суги тем не менее оставались сомнения. Он не мог выбросить их из головы. Он не мог заставить себя поверить Сатору. Хотя в объяснениях Сатору был определенный резон.

— Послушай, раз уж все так вышло, давай попросим поселить нас в одной комнате? — предложил Сатору. — Мой сосед пока еще не появился, сейчас будет несложно передоговориться.

Сатору уже неделю жил в общежитии и успел обзавестись кучей знакомств. Он переговорил с комендантом и с «мамочкой» — женщиной, отвечавшей за быт и питание студентов в общежитии, — и моментально все устроил.

Тикако пришла в восторг, узнав, что Сатору будет учиться вместе с ними, но в то же время немного обиделась:

— Почему было не сказать мне об этом?

Тикако как раз собиралась написать Сатору, что они с Суги поступили в один и тот же университет.

Благодаря дружбе с Сатору быт общежития, немного тревоживший Суги, с самого начала оказался простым и приятным. Суги и не заметил, как пролетел первый семестр и начался второй.

— Смотри, что мне подарили старшекурсники, — похвастался Сатору, доставая несколько банок довольно дорогого пива.

Вообще распитие спиртных напитков разрешено с двадцатилетнего возраста, однако студенты относились к запретам довольно легко, и выпивка в общежитии была обычным делом даже для первокурсников — главное, чтобы все прошло без эксцессов и никто не попал на глаза бдительной «мамочке».

— Закуска за мной! — воскликнул Суги.

Жившие в общежитии студенты частенько получали посылки из дома и обменивались всякими лакомствами. Суги как раз только-только прислали из дома спелый виноград, и он выменял на него у студента с Хоккайдо сакэтоба — вяленного особым способом лосося, — а также местные хоккайдские сладости.

Сатору в подпитии очень веселый, но быстро пьянеет. После двух банок пива глаза у него уже начинают краснеть.

В тот вечер разговор почему-то крутился вокруг любовных страстей, кипевших в общежитии. На первом курсе был один парень, который пылко ухаживал за девушкой старше по возрасту и неизменно получал отказ. Сокурсники потешались над ним, однако подбадривали.

— Сколько раз она его послала?

— Говорят, одиннадцать. Одиннадцать раз она отказывала ему в свидании, — фыркнул Сатору. — Но вот умора, он и не думает сходить с круга, говорит, во втором семестре доведет число попыток до двадцати...

— А зачем ему это? Хочет побить рекорд в любовных фиаско? Цель-то какая?

— Вот такой безбашенный малый. Но я даже завидую его упертости. — В покрасневших глазах Сатору сверкнул огонек. — А ты знаешь, что в школе я был влюблен в Тикако?

«Лучше бы мне никогда этого не слышать», — подумал Суги.

— Но поскольку тебе она тоже нравилась, я постарался заглушить свои чувства. Однако жаль, что я даже не попытался сказать ей об этом, и пусть бы она отвергла меня.

«Жаль, что я даже не попытался сказать ей об этом...» Если бы Сатору признался Тикако, все могло сложиться совершенно иначе.

— Сатору, я тебя очень прошу... — Голос у Суги дрогнул. — Я тебя умоляю! Никогда не говори ей о своей любви.

«Жаль, что я даже не попытался...» Все могло сложиться совершенно иначе!

Суги униженно склонил голову перед Сатору.

«Какой же я бесчестный негодяй, — подумал он про себя, — но я все равно пойду на это унижение, я не отступлюсь. Я буду клянчить и умолять».

Он знал, что Сатору не выдержит и уступит ему.

Сатору посмотрел на Суги расширенными глазами. Все вышло как тогда, когда Суги нарочно попросил у него совета и ловко вывел Сатору из игры.

— Не беспокойся, — улыбнулся Сатору. — Все будет хорошо. У вас двоих все просто замечательно — гораздо лучше, чем ты думаешь.

Таким образом, Суги удалось навсегда заткнуть рот Сатору.

После окончания университета Суги вернулся домой и через несколько лет женился на Тикако. Сатору приезжал на свадьбу.

После свадьбы Сатору стал обращаться к Тикако по имени — Тикако-сан. Историю теперь уже не переписать. Прошлого они не вернут. Ни Сатору, ни Тикако.

ХРОНИКА ТРЕТЬЯ

И все же при мысли о Сатору Суги становилось немного не по себе, он начинал паниковать, что его настигнет возмездие за содеянное — за то, что он сделал Сатору много лет назад.

Если он сейчас возьмет кота Сатору, он сам себе выроет яму, в которую когда-нибудь да попадет. И все же... Ведь Сатору явно в безвыходной ситуации, раз он приехал и попросил помощи, и Суги обязан исполнить свой долг перед другом, у которого выиграл Тикако столь бесчестными методами.

(Наверное, это выглядит странно, когда такое ничтожество и трус, как я, пытается совершить благородный поступок спустя столько лет. Но я действительно любил тебя, Сатору. Ты пережил столько горя, и жизнь твоя была тяжелее, чем у меня, но ты всегда был ярким и добрым. Ты с легкостью затмевал меня. Мне всегда хотелось быть похожим на тебя. Но все мои старания были тщетны, сейчас я могу признаться в этом. Поэтому я и хочу взять твоего кота, правда...)

* * *

На следующее утро они предприняли еще одну попытку свести нас с чертовым псом.

После завтрака Тикако вышла из столовой, чтобы привести Торамару, запертого в другой комнате.

— Тора, будь сегодня хорошим мальчиком, очень тебя прошу, — попросила Тикако за дверью.

Суги нервно мерил шагами гостиную. Сатору сидел на месте, но вид у него тоже был встревоженный. Хладнокровное спокойствие хранили только двое — Момо и я.

На завтрак мне дали особую смесь из кусочков тунца и куриной грудки, и в желудке у меня было ощущение приятной сытости. *Ну давай, собачий сын, покажи, на что ты способен.*

Деревянная дверь в гостиную распахнулась.

В дверном проеме возник пес. Он пристально смотрел на меня. И явно избегал встречаться глазами с Сатору.

Правильная тактика.

Вчера он получил хорошую взбучку от Суги. Сатору — хороший друг хозяина, и лаять на него нельзя. Остается только один способ излить ярость — броситься на меня, кота Сатору...

Ну давай же, иди сюда, я тебе сейчас покажу, где раки зимуют.

Пес залаял с неистовой злобой, прямо чуть из шкуры не выпрыгнул.

Отлично!

Не обращая внимания на вопли людей, я выгнул спину дугой и вздыбил шерсть.

Шикарно, просто блеск, — прокомментировала наблюдавшая за этой сценой Момо.

Благодарю за комплимент, большая честь, — ответил я.

Пес продолжал лаять, несмотря на грозные окрики Суги и Тикако. Сатору тоже кинулся ко мне, стараясь удержать от прыжка.

ХРОНИКА ТРЕТЬЯ

Пока ты здесь, хозяин и хозяйка все время будут думать о Мияваки! Наш хозяин не переживет, если хозяйка вспомнит о своих чувствах к Мияваки...

Слышишь, пес, я не желаю вникать в ваши разборки! Раз в этом доме живет такой злобный придурок, как ты, я и сам здесь не останусь! Если дело дойдет до потасовки, то я дам тебе сто очков вперед! Молоть языком ты горазд, но держу пари, ты ни разу не бился не на жизнь, а на смерть. И никогда не сражался за свою территорию, когда на кону победа или смерть от голода. Ты избалованный, изнеженный слабак, верно я говорю, собачий принц?

Я выдал еще порцию отборных ругательств, которые отточил до совершенства в многочисленных кровавых схватках, но они слишком грубы и были бы неприятны изысканным ушам джентльменов и дам...

Момо, бесстрастно наблюдавшая за всем этим с высоты, лежа на крышке телевизора, не удержалась от улыбки.

Прости, Момо! Я сожалею, что оскорбил слух благородной дамы подобными выражениями.

Убирайся туда, откуда явился, тварь!

Пес лаял уже почти жалобно, прямо-таки чуть не плакал.

Неужели ты, молокосос, с рождения носящий ошейник, и впрямь полагаешь, что можешь меня одолеть?! Ха! Никогда! Момо вдвое старше меня, а я вдвое старше тебя, приятель!

Я не позволю жить в этом доме тому, кто будет напоминать моим хозяевам о Мияваки... И еще...

Заткнись! Еще одно слово — и ты пожалеешь!

Но пес не замолчал. Достойно! Похоже, у него были серьезные намерения.

И еще... от твоего хозяина такой запах... в общем, ему уже ничего не поможет!

Я же сказал тебе — ЗАТКНИСЬ!!!

— Нана! — закричал Сатору.

Но я вывернулся из его рук и кинулся на пса. Раздался собачий визг. На полосатой собачьей морде проступили три глубокие раны, из них сочились струйки крови.

И все же Торамару не поджал хвост.

Несколько раз он был готов опустить его, но последним усилием воли снова закручивал в тугое кольцо. И продолжал рычать — еще более угрожающе и глухо.

— Перестань, Нана! Ты его поранишь!

Битва была выиграна, и я покорно позволил Сатору взять себя на руки.

Сатору принялся извиняться перед всеми подряд — перед Торамару, перед Суги, перед Тикако...

— Все нормально! Хорошо, что Тора не разорвал Нана.

Бледная Тикако перевела дух. Суги ударил Торамару кулаком по голове.

— Ты же мог до смерти загрызть Нана! Идиот!

И тут Торамару впервые за все это время поджал хвост. И с раскаянием посмотрел на меня.

Ладно, так уж и быть. Не будем записывать это как мою победу.

— Простите меня. Я очень ценю вашу готовность взять к себе Нана, но мы возвращаемся домой. — В голосе Сатору звучало явное сожаление. — Кстати, это было бы очень скверно и для Торамару — жить вместе с Нана, они ведь не смогут поладить.

Сатору вытащил переноску. Я мигом забрался в нее и оглянулся на Торамару.

Спасибо тебе, Торамару!

На морде Торамару отразилось изумление.

Я приехал сюда потому, что странствую вместе с Сатору. А вовсе не для того, чтобы поселиться в вашем доме. Я всю голову себе сломал, как бы мне вернуться домой вместе с Сатору, но все получилось замечательно — благодаря тебе!

Торамару потупился и опустил хвост, а мы с Сатору прошествовали к серебристому фургончику.

Суги и Тикако взяли Торамару на поводок и пошли проводить нас. Суги крепко держал ремень, несколько раз обернув его вокруг руки.

Момо сама вышла попрощаться с нами.

Давно я не видела такой яростной схватки, — одобрительно сказала она.

— Прости, что все так вышло. Хорошо, что Нана не пострадал... Правда, мне очень жаль.

— Мы с радостью заботились бы о Нана!

Суги и Тикако извинялись наперебой. Но от этого Сатору чувствовал себя только хуже. Это было вполне объяснимо, тем более что по факту агрессором выступил я.

Как обычно, друзья никак не могли распрощаться.

Даже когда Сатору уже взялся за руль, Тикако находила все новые и новые поводы задержать его: она приносила подарки — травы из сада, фрукты... потом еще фрукты...

Ну, в самом деле, пора уже уезжать!

— Кстати, — сказал вдруг Сатору. — Тикако, а я был влюблен в тебя, когда мы учились в школе, ты знала об этом?

Он сказал это с таким выражением... мол, а теперь будь что будет. Лицо у Суги буквально окаменело. Тикако изумленно раскрыла глаза:

— Что?!

Сатору невозмутимо ждал ее ответа.

Тикако моргнула, как голубь, в которого выстрелили из игрушечного пистолетика, и тихонько засмеялась:

— Когда это было... К чему теперь говорить об этом.

— Ты права.

Оба дружно расхохотались. Суги стоял молча, словно ничего не понял, — потом тоже рассмеялся, за компанию.

Суги смеялся, но вид у него был такой, что вот-вот заплачет.

Машина уже тронулась, когда раздался вой.

— Торамару!

ХРОНИКА ТРЕТЬЯ

Торамару рвался вперед, пытаясь сорваться с поводка.

Эй, кот!!!

Это Торамару звал меня.

Можешь остаться! Мой хозяин и хозяйка смеялись вместе с Мияваки, так что теперь ты можешь здесь жить!

Ну что за придурок. Я же сказал тебе, что у меня изначально не было такого намерения.

— Тора, ты можешь вести себя нормально хотя бы сейчас, пока мы прощаемся? — Суги резко дернул поводок.

Не сердись на него, Суги. Это он пытается задержать меня.

Но что уж теперь... Торамару уже показал себя утром, и Суги решил, что пес все еще злится.

— Разве он сердится? — Сатору посмотрел на Торамару в зеркало заднего вида. — Мне кажется, что сейчас он лает не так, как тогда... когда он сердился.

Вот за что я так тебя люблю, Сатору! Ты всегда чувствуешь подобные вещи.

Сатору коротко нажал на клаксон, и серебристый фургончик устремился вперед, прочь от пансионата для кошек и собак.

— Как было бы прекрасно, если бы они смогли ухаживать за тобой.

Ты опять за свое, Сатору. Гору Фудзи мы уже проехали, а ты все не успокоишься. Если ты и впрямь собирался когда-нибудь забрать меня обратно, лучше уж и не оставляй, ладно? Я стоял на задних лапах на сиденье, свесив передние через открытое боковое стекло.

— Море — явно не твоя стихия. А вот гора Фудзи тебе понравилась, да, Нана? — улыбнулся Сатору.

Да, понравилась. Потому что гора Фудзи не издаёт ужасных рокочущих звуков, от которых сводит живот, и не перекатывает эти бесконечные массы воды, грозящей поглотить меня.

— Хорошо бы снова увидеть её — вместе с тобой.

Да, в самом деле, давай как-нибудь снова махнём сюда? И снова остановимся в пансионате, принадлежащем Суги и Тикако. Из окошка нашего номера открывался такой красивый вид на гору Фудзи. К тому же...

— И к тому же, как я понял, Нана, тебе очень понравился их телевизор, верно?

Да, да-а-а!!! Этот ящик — он чудо какое-то. Как раз тот размерчик, что надо, — очень удобно лежать, и такой тёплый, приятно греть на нём пузо. Послушай, Сатору, а может, и нам завести дома такой же? Вот было бы здорово.

— Извини, что у нас дома плоский. Сейчас такой ящик уже не купить... не продают.

А-а-а... Жаль, жаль... Ну ничего. Буду мечтать о нём, вспоминая о нашей поездке к супругам Суги. И ещё — когда мы снова приедем к ним, Торамару встретит нас, виляя хвостом, точно тебе говорю!

ХРОНИКА ТРЕТЬЯ

* * *

Вечером поступил заказ на номер: одна ночь и завтрак.

— Может, нам лучше подержать Торамару на привязи?

— Да, верно, он еще слишком возбужден после драки с Нана.

Суги вывел Торамару на улицу и посадил на цепь у будки. Потом бросил взгляд на Тикако, вышедшую вместе с ним за компанию.

— А-а-а... что ты думаешь насчет того, что сказал тебе Мияваки, ну, при прощании?..

— А что? Тебя это беспокоит?

Прямо в точку.

— Да... нет, — смутился Суги. — Просто мне стало интересно, как бы ты отнеслась к этому тогда, в школьные годы? Ну, если б Мияваки признался тебе в любви?

— Даже не знаю. — Тикако пожала плечами. — Тогда, наверное, знала бы... но ведь не признался же.

Честный ответ. Суги не нашелся что сказать на это.

— Впрочем, это, наверное, очень приятно, когда за тобой ухаживают сразу два кавалера! Я бы выбирала между вами...

— Выбирала? — изумился Суги, и Тикако расхохоталась.

— Ну да, выбирала бы, конечно, я бы колебалась и выбирала. Если ты нравишься сразу двоим ухажерам, то аппетиты растут...

Суги едва не заплакал, но все же сдержался.

«Не знаю, кого из нас двоих она бы предпочла, но, по крайней мере, она бы выбирала между мной и Сатору», — подумал он.

И тут он почувствовал, как чувство ущербности и бешеной ревности отпускает его.

«Когда я снова встречусь с Мияваки, я буду более преданным другом. Я смогу!»

Эта мысль наполнила его радостью.

ХРОНИКА ТРЕТЬЯ
С ПОЛОВИНОЙ

ПОСЛЕДНЕЕ СТРАНСТВИЕ

Огромный, как дом, белый корабль был пришвартован у портового причала. В передней части зиял проход, похожий на разверстую пасть. Сатору сказал, что мы заедем через эту «пасть» на паром прямо на машине. Он уже набил в свое брюхо не один десяток машин, но не пошел ко дну. Должен признать, что люди иногда способны сотворять поистине потрясающие штуки.

Интересно, кому пришел в голову этот фокус — чтобы огромная железяка плавала по воде? Наверное, у него голова была как-то особо устроена. Не иначе. Резонно ж предположить, что тяжелый предмет потонет в воде. Ни одно существо в мире, кроме человека, не попрет против законов природы, но люди — это особый случай.

Сатору ушел в паромный терминал, чтобы купить билет, однако вернулся он почему-то весь пунцовый от злости.

— Проклятье! Я не смог их уговорить! Они не разрешают брать тебя в мою каюту как пассажира.

Дело в том, что, покупая билет, Сатору вписал меня в бланк как пассажира. «Нана Мияваки (6 лет)». Могу себе представить эту картину, когда кассиры уяснили, что Нана Мияваки — это кот, поржали, наверное, от души. Порой Сатору бывает сказочно дремуч.

— Ну ладно, надо ехать на посадку.

Вереница машин уже выстроилась в длинную очередь, напоминавшую бусы; она тянулась к разверстому зеву парома, и я даже слегка занервничал. Этот корабль заглотил уже столько машин! А он правда не потонет? Ведь если вдруг он действительно возьмет и пойдет ко дну, то нас точно смоет за борт, прямо в море... Ох... Какой ужас!

Мне припомнилось море, каким я его видел, когда мы ездили к Ёсиминэ, это бескрайнее водное пространство. Мысль о том, что я буду погребен под огромными, перекатывающимися с ужасающим грохотом волнами, заставила меня содрогнуться. Хотя я и бесстрашный кот. Кошки плохо плавают и терпеть не могут воду (хотя бывают и исключения, некоторым, например, нравится купаться в ванне, но это какие-то кошачьи мутации). Даже Сатору придется туго, когда он будет плыть к берегу, ведь на его голове буду сидеть я, вцепившись в нее всеми когтями...

Но несмотря на все мои страхи, наш серебристый фургончик благополучно въехал в брюхо чудовища. Далее нужно было немного пройти пешком. В одной руке Сатору держал саквояж, в другой — мою переноску и очень скоро совершенно выдохся, хотя совсем недавно легко носил такие тяжести. Может, мне пойти своим ходом?

Я поскреб когтями задвижку на переноске, но Сатору велел мне прекратить это дело и быстро перевернул переноску так, что дверца теперь оказалась вверху, и я кубарем скатился на дно.

— На пароме животным не разрешают передвигаться самостоятельно, потерпи.

Животным? Значит, и собакам тоже? Ну что же, это по-честному. Ведь есть немало гостиниц, где как бы пускают с животными, только потом оказывается, что с собаками можно, а с котами нельзя. Коты точат когти о мебель и так далее. Взяли бы и повысили плату за проживание клиентов с котами — ну на ремонт и все такое прочее. Вопрос решен.

И еще эта пресловутая проблема с запахом, который так раздражает людей... Но ведь от котов вони гораздо меньше, чем от собак, разве я не прав? Но все равно с собаками можно, с котами — нельзя, в общем, какая-то дискриминация кошачьего племени. Гораздо честнее, когда никому нельзя — ни собакам, ни кошкам. Вот на этом пароме все по справедливости, хороший паром!

Сатору отнес меня в каюту для животных, где во время пути размещались все домашние любимцы пассажиров. Это оказалось очень незатейливое, но опрятное помещение. На удивление просторные клетки стояли друг на друге — до самого потолка. Вдоль всех стен комнаты.

В тот день ехало много пассажиров с животными, и почти все десять клеток были уже заняты. Кроме меня, здесь находилась кошка-шиншилла[1], все остальные постояльцы были собаками — самых различных пород и размеров.

— Это Нана. Прошу любить и жаловать. Общайтесь мирно до конца путешествия.

Поговорив с обитателями комнаты, Сатору посадил меня в пустующую клетку.

— Нана, ты как? Тебе не будет здесь одиноко?

Одиноко? Среди всех этих собак плюс еще одна кошка? Я бы предпочел более уединенное место. Собакам явно хотелось поболтать, их было много, и они лаяли как одержимые. И все обсуждали меня: «Глядите, еще один кот! Беспородного подселили! Беспородный — куда это годится!»

— Жаль, что на сей раз не удалось добраться до места на машине. Прости, — сказал Сатору.

Не стоит беспокоиться. Всего один день, можно и потерпеть. Может, это и незаметно со стороны, но коты — удивительно покладистые существа.

Похоже, это странствие будет долгим... даже после того, как паром причалит в порту назначения. А Сатору последнее время стал что-то быстро уставать... ему сейчас не осилить на машине такую дорогу.

---

[1] *Шиншилла* — разновидность персидских, британских и шотландских кошек со своеобразным «арктическим» оттенком шерсти.

— Я постараюсь заходить как можно чаще. Если будет грустно, ты уж потерпи!..

Сатору, а ты не мог бы умерить свою гиперопеку при посторонних? Ты ставишь меня в неловкое положение!

— Эй! Вы двое — кошачьей породы, надеюсь, поладите! — Сатору заглянул в клетку, находившуюся как раз подо мной, где, как я помнил, сидела кошка-шиншилла. Я не мог рассмотреть ее сверху, но, когда мы с Сатору вошли в комнату, она лежала в углу своей клетки, свернувшись клубочком.

— Ей, кажется, тоже грустно. Сегодня так много собак... наверное, ей страшно.

Нет, Сатору, ты не угадал. У свернувшейся клубочком шиншиллы постоянно подергивался кончик хвоста. Лично мне было ясно, что она просто злится и раздражена неумолчной собачьей болтовней.

— Ну, пока, Нана. Я еще зайду к тебе!

С саквояжем в руке Сатору вышел из комнаты для животных. И собаки тут же начали ко мне приставать:

Эй, ты, давай выкладывай, ты откуда такой? Куда путь держишь? А хозяин твой — что он за человек?

Я тут же понял, что испытывала шиншилла, свернувшаяся калачиком от отвращения, и последовал ее примеру.

Я все еще лежал, свернувшись клубочком в дальнем углу клетки, притворяясь, что сплю, когда дверь открылась и вошел Сатору.

— Прости, Нана! Я понимаю, тебе тут грустно и одиноко.

Потом он заглянул еще десяток раз. *Ну не надо так часто ко мне приходить. Из-за твоих визитов — гораздо более частых, чем у других хозяев, — собаки засмеяли меня.*

Неженка, неженка! Они хором дразнили меня, как только за Сатору закрывалась дверь.

Да отвалите вы от меня, придурки! — рявкнул я и уже собрался снова свернуться клубочком, как из нижней клетки послышался голос шиншиллы:

Вы ведете себя как последние скоты. Орете и беснуетесь, вы меня уже достали! Вы что, не поняли, что это его хозяину одиноко?

Для представительницы такой дорогой длинношерстной породы шиншилла оказалась неожиданно острой на язык.

Да, но... Э-э-э... Его хозяин сказал, что Нана чувствует себя одиноким, вот он и приходит! — недовольно заворчали собаки.

У вас ужасно скверный нюх, хоть вы и собаки... От его хозяина такой запах... Ясно, что ему уже совсем недолго осталось. Поэтому ему хочется побыть как можно дольше со своим драгоценным котом.

Собаки тут же замолкли. И только тихонько переговаривались между собой:

Какая жалость! Бедный, бедный хозяин!

Вообще-то, переговаривались они не так уж тихо, ну да ладно, я их простил. Молодые еще и глупые.

ХРОНИКА ТРЕТЬЯ С ПОЛОВИНОЙ

Спасибо тебе! — сказал я шиншилле.

Они меня раздражали, вот и все! — ответила та весьма нелюбезно.

Когда в следующий раз Сатору заглянул проведать меня, собаки после взбучки шиншиллы принялись дружно вилять хвостами.

— О-о-о! Они виляют хвостами, значит рады мне? — возликовал Сатору. И просунул руку через прутья, чтобы погладить собак. Да, эти псы не блещут умом, но в общем они оказались добрыми малыми.

После этого мы, кошки, время от времени включались в пустую болтовню собак и так коротали время в ничем не примечательном морском путешествии. Однако по большей части наши разговоры текли в разных плоскостях, — например, мы, коты, никак не могли взять в толк, почему собак так сильно занимают всякие собачьи лакомства, в частности жвачка.

Около полудня следующего дня паром благополучно прибыл в пункт назначения — на остров Хоккайдо. Сатору сразу же прибежал ко мне.

— Прости меня, Нана! Тебе было здесь одиноко.

Нисколько! Мы тут отлично поболтали с вредной и острой на язык шиншиллой. Я как раз подумал, что было бы недурно попрощаться с ней, и в это время Сатору так развернул мою переноску, что в открытую дверцу стала видна вся комната.

— Нана, скажи всем «до свидания»!

Пока-пока! — попрощался я — и собаки дружно завиляли хвостами.

Гуддо ракку! — ответила мне шиншилла.

Гуддо... чего? — не понял я.

Good luck! Удачи тебе! Так частенько говорит мой хозяин, это не по-японски, — пояснила шиншилла.

Ее хозяин, человек с голубыми глазами, приходил со своей японской женой проведать шиншиллу во время плавания. Шиншилла хорошо понимала японскую речь, но и многие иностранные словечки хозяина в основном тоже усвоила.

Благодарю. И тебе гуддо ракку.

Распрощавшись с обитателями комнаты, мы с Сатору отправились на палубу и загрузились в наш серебристый фургончик.

Когда фургончик выехал из «пасти» парома, на нас надвинулось бескрайнее ярко-голубое небо.

— Ну вот мы наконец на Хоккайдо, Нана.

Перед нами простиралась огромная, совершенно плоская земля. Пейзаж за окном машины был обычным городским пейзажем, однако все здесь было как бы растянуто вширь — дороги, например, были просторней, чем в Токио. Через некоторое время пейзаж начал меняться — пошли окраины. Пространство раздвинулось еще больше. Это было приятное ощущение.

Машин попадалось мало, и мы наслаждались неспешной ездой, слушая музыку. И сегодня Сатору первым делом включил ту самую мелодию, от которой думаешь о вспархивающих голубях.

Вдоль дороги тянулись буйные заросли каких-то цветов, лиловых вперемешку с желтыми.

Дороги на Хоккайдо не очень ухоженные, однако чрезвычайно живописные. Они очень сильно отличаются от токийских дорог, где все буквально закатано в асфальт и бетон. Здесь даже в относительно благоустроенных населенных пунктах на обочинах дорог — обычная земля. Возможно, поэтому почва здесь дышит свободно и вокруг разлита благодать.

— Желтые цветы — это золотарник канадский, а вот лиловые... нет, не знаю.

Сатору тоже обратил внимание на цветы. Лиловый с желтым — удивительно красивое сочетание. Причем лиловый самых различных оттенков — от светлого, бледно-сиреневого, до очень темного, насыщенного, близкого к черному.

— Давай остановимся на минутку?

Сатору выбрал местечко на обочине пошире и остановился. Меня он вынес из машины на руках. Мимо проносились редкие автомобили, и Сатору, не выпуская меня из рук, подошел к лиловым цветам.

— Возможно, это дикие хризантемы. Хотя я представлял их себе немного другими, поаккуратней, что ли...

Зеленые кустистые стебли буйно тянулись вверх и были сплошь усыпаны цветами, чем-то напоминая перевернутые ручкой вниз метелки. В них не было утонченного изящества — скорее мощная сила жизни.

А-а!

Моя реакция была непроизвольной: лапа дернулась вперед мгновенно. Я увидел пчелу, вившуюся над цветами.

— Нана. Нельзя ее трогать! Она ужалит тебя!

Предупреждай не предупреждай, это ж инстинкт! Я попытался сцапать пчелу, но Сатору зажал мои лапы ладонью.

Да черт бы тебя побрал. Жужжащая пчела — это такое захватывающее приключение! Отпусти же меня!

Я попытался его лягнуть, но Сатору держал меня крепко. Не выпуская мои лапы из рук, он отнес меня в машину.

— Ладно бы ты просто ее изловил... но ты же непременно попробуешь ее съесть. Я знаю... И это будет настоящий кошмар, если она ужалит тебя в язык.

Ну конечно, если я кого-то поймал, я должен попробовать это на зуб! В Токио, когда мне удавалось изловить таракана, я непременно разгрызал его. Крылья у него жесткие и безвкусные, как пластик, а вот тельце мягкое, мясистое и вкусное.

Каждый раз, находя останки растерзанных тараканов, Сатору поднимал дикий крик. Не понимаю, почему люди испытывают к тараканам такое отвращение. По существу, они мало чем отличаются от кабутомуси[1] и жуков-скарабеев, которых так любят ловить и держать дома детишки. Ты же не стал бы так истошно вопить при виде кабутомуси или жука-скарабея? Они ведь не тараканы. Но все эти твари такие шустрые и проворные... так и хочется их изловить!

Потом мы ехали вдоль берега реки, затем спустились по холму вниз и наконец выехали на дорогу, которая вилась вдоль какого-то побережья.

— *Уа-ау!*

— О-о-о!

Вопль изумленного восхищения вырвался у нас почти одновременно.

— Прямо как море!

Только это было не море. По обе стороны от дороги простиралась бескрайняя равнина, поросшая сусуки[2]. Его белые метелки колыхались под дуновениями ветра, и казалось, что по равнине прокатываются волны, увенчанные белыми гребнями. Мы только недавно останавливались, но Сатору снова затормозил.

---

[1] *Кабутомуси* — жук-носорог. В Японии их еще называют «летними питомцами». Чаще всего школьники ловят жуков где-нибудь на природе и потом держат дома, пока каникулы не закончились. Летом в супермаркетах можно встретить много разных «аксессуаров» для насекомых-питомцев, как, например, специальные жукодомики или еда в виде сладкого желе.

[2] *Сусуки*, или мискант, или веерник китайский, — многолетнее травянистое растение высотой от одного до двух метров с белыми колосьями-метелками.

Хотя дорога была пустынной, всякий раз, выпуская меня, Сатору обходил машину, открывал дверцу с моей стороны и выносил меня на руках. Видимо, боялся, как бы я не выскочил на проезжую часть. Слишком уж он надо мной трясется, но пускай, раз ему так спокойнее. Я не против. Я чувствую себя в полной безопасности в его больших и надежных руках.

Надо хорошенько рассмотреть этот вид с более высокой точки обзора. Я перебрался из рук Сатору на его плечо и вытянул шею. Мои глаза оказались на одном уровне с глазами Сатору.

Ветер шелестит, раскачивая колосья сусуки. Волны прокатываются по бескрайней равнине — конца и края не видно.

Сатору верно сказал, это как море, море на земле. Но в отличие от настоящего моря колышущаяся трава не издавала никакого ужасного рева. В *таком* море я мог бы плавать. Я соскочил с плеча Сатору на землю и нырнул в море травы. В травяное море.

Но тут картина разительно изменилась. Дорогу мне преграждали густые заросли стеблей сусуки, а высоко вверху на фоне ясного голубого неба качались белые метелки.

— Нана? — донесся до меня встревоженный голос Сатору. — Нана, ты где-е-е?

Послышался звук шагов по сухой траве, значит Сатору тоже вошел в травяное море.

Да здесь я, здесь, рядом с тобой!

Однако голос звавшего меня Сатору звучал все глуше, удаляясь. Ой-ей, я-то вижу Сатору, а вот он меня — нет, меня скрывает высокая трава.

Придется мне идти за Сатору, чтобы он не потерялся.

— Нана!

Да здесь я! Я ответил ему, но, похоже, звук моего голоса уносит ветер и Сатору не слышит меня.

— На-а-на-а! — В голосе Сатору послышалась истерика. — Нана, ты где-е-е-е?

Сатору уже кричал куда-то вдаль, и я мяукнул что было сил.

Я зде-е-есь!!! Вот тут!

И тут же увидел склонившегося надо мной Сатору, заслонившего голубое небо. В тот момент, когда наши глаза встретились, его искаженное лицо мгновенно расслабилось. Глаза потеплели, и солнечный свет высветил дорожки слез на его щеках.

Он молча опустился на колени, схватил меня поперек туловища и стиснул так сильно, что у меня аж живот свело.

Ты что?! Больно же!!!

— Глупый кот! Если ты здесь потеряешься, я тебя никогда не найду! — Голос Сатору прерывался от рыданий. — Для такого маленького существа это поле — как море деревьев!

«Море деревьев» — вот что это такое, Сатору как-то уже говорил мне. В таком «лесу» мой внутренний компас не будет работать, и я потеряюсь.

Дурачок ты, Сатору. Я же не отходил от тебя далеко и не терял тебя из виду.

— Нана, будь со мной... Не оставляй меня!
Ага! Наконец-то!

Наконец-то ты сказал правду — то, что действительно думаешь.

Я всегда знал твои истинные намерения. Ты искал для меня другого хозяина, однако, когда очередная попытка заканчивалась пшиком, ты вздыхал с явным облегчением и вез меня домой.

— Какая жалость, что я не могу оставить здесь своего кота, — говорил он людям, однако по пути домой светился от счастья.

Как я могу оставить тебя, Сатору, ведь ты так любишь меня?

Я всегда буду рядом с тобой, всегда!

Сатору молча плакал. И тогда я лизнул его руку. Потом еще и еще, ласково и нежно. *Все хорошо. Все хорошо. Все хорошо...* Теперь я отлично представлял себе чувства Хати, которого разлучили с Сатору. Каково это — потерять маленького друга, который так обожает тебя. Та ситуация была безнадежной — и для Сатору, и для Хати.

Но Сатору уже не ребенок. А я — бывший бродяжка. И на сей раз все будет так, как мы захотим. Так может быть, так должно быть...

Ладно, надо выбираться на дорогу! Это наше последнее странствие.

Давай увидим с тобой разные чудеса — в этом последнем путешествии. Давай сделаем так, чтобы в конце у нас было много-много чудес!

Мой «счастливый» хвост, загнутый семеркой, непременно сгребет для нас все чудеса, которые только встретятся на пути.

ХРОНИКА ТРЕТЬЯ С ПОЛОВИНОЙ

Когда мы сели в машину и тронулись с места, мелодия на диске, от которой вспархивают голуби, закончилась. Ее сменил низкий хрипловатый женский голос, певший на каком-то странном, чудно звучащем и непонятном мне языке. Мелодию с голубями любила, кажется, мама Сатору. А отец, похоже, предпочитал ту, что исполняла женщина с низким хрипловатым голосом...

Вдоль дороги тянулись — насколько хватало глаз — заросли желто-лиловых цветов. Наш серебристый фургончик все так же неспешно катил по шоссе... Уже и не помню, когда мы последний раз останавливались на светофоре.

В маленьких городках, попадавшихся по пути, были какие-то светофоры, но как только мы их миновали, пустынная дорога тянулась вперед в бесконечность. Ни одного светофора. Совсем как на скоростной автостраде — едешь почти без остановок.

Мы уже проехали море волнующегося сусуки и углубились внутрь острова. По обе стороны дороги дышала первозданная, не тронутая человеком природа. Потом пошла холмистая местность, где мы наконец увидели возделанные поля.

Эта совершено плоская бескрайняя равнина была божественна. Я никогда не видел ничего подобного. Теперь вдоль дороги потянулись деревянные ограждения, за ними в специальных загонах гуляли... даже не знаю, как их назвать, в общем, какие-то очень большие животные. Опустив морды к земле, они щипали траву. *Кто это?!*

Я оперся передними лапами о стекло пассажирского сиденья рядом с водителем, вытянувшись в столбик. Я частенько так делал, когда хотел получше рассмотреть окрестности, и Сатору даже устроил для меня специальное «гнездышко» на сиденье рядом с собой — поставил коробку, а в нее положил подушку, чтобы был лучше обзор. Когда на пути появлялось что-нибудь интересненькое, я всегда привставал и вытягивал шею, вот как сейчас.

— А, это лошади. В этой местности сплошь пастбища.

О-о-о, лошади? Эти зверюги называются лошади?! Я видел лошадей по телевизору, но вот так, живьем, первый раз... В «ящике» они казались мне намного больше... крупнее. Лошади, щипавшие траву у шоссе, были, конечно, большие, но как-то компактнее, что ли... изящнее.

Я почти шею свернул, провожая глазами лошадей, когда мы проезжали мимо, Сатору даже рассмеялся:

— Если они так тебе понравились, давай остановимся, когда снова увидим их.

Следующий загон для лошадей находился на некотором расстоянии от дороги.

— Немного далековато, — с сожалением заметил Сатору, тормозя. Он вылез из машины, обошел ее и снова взял меня на руки.

Когда дверца машины с лязганьем захлопнулась, лошади, которые на таком расстоянии казались даже меньше Сатору, перестали щипать траву и подняли головы.

Это был напряженный момент. Лошади навострили уши, настороженно рассматривая нас.

— Гляди, Нана, они нас разглядывают!

Нет, они не просто разглядывают, они нас внимательно изучают! Пытаются определить, не представляем ли мы угрозы. Наверное, мы слишком далеко от них, вот они и хотят убедиться. Если б могли рассмотреть поближе и увидели, что это всего лишь человек с котом, сразу бы успокоились.

Учитывая их размеры, лошади могли не волноваться по нашему поводу, но животные повинуются инстинкту. Хоть они и большие, но все-таки травоядные, и генетическая память подсказывает им, что хищники всегда охотятся на травоядных. Поэтому они такие пугливые. А вот мы, коты, мы хоть и мелкие, но принадлежим к охотничьей породе. Все охотники по природе своей — бойцы. Мы тоже настороже, когда сталкиваемся с чем-то неизвестным, однако, когда дело доходит до битвы, мы готовы схватиться со зверем, намного превосходящим нас по размерам! Поэтому, когда собаки пытаются задирать нас, все кончается для них печально — они с воем поджимают хвосты. Даже если эта собака в десять раз крупнее кота... дайте ее нам, мы ей покажем!

Мне кажется, собаки давным-давно разучились охотиться. В наше время даже охотничьи псы преследуют дичь исключительно для забавы хозяина и сами не приканчивают ее, не убивают. В этом главное отличие котов от собак. Даже в охоте на какую-то ничтожную мошку для кота главная цель — прикончить добычу.

Вот в этом и различие между животными — в инстинкте *убивать* свою жертву. То есть живет в тебе эта страсть — или нет ее. Лошади в десятки раз крупнее котов, но я их совершенно не боюсь.

Меня вдруг обуяло чувство гордости. Потому что я кот и до сих пор во мне жива природа охотника. И как боец, я не собираюсь отступать перед тем, что ждет впереди Сатору.

Некоторое время лошади пристально рассматривали нас, но потом, убедившись, что мы им не опасны, принялись снова щипать траву.

— Да, пожалуй, действительно далековато, но, может, получится снять их на камеру.

Сатору достал мобильник из кармана. Чаще всего он фотографировал на камеру меня. *Но лучше бы ты не снимал мобильником этих лошадей, Сатору.*

Когда Сатору вытянул руку с мобильником в направлении лошадей, те снова подняли головы и выгнули шеи. И снова настороженно подняли уши. Они пристально наблюдали за Сатору, совершавшим непонятные телодвижения.

— Нет, слишком далеко... — с сожалением сказал Сатору и убрал мобильник.

Но лошади продолжали смотреть на нас. Они не спускали с нас глаз, пока мы брели обратно к машине, и, только когда дверцы захлопнулись, снова принялись щипать траву. *Прос-*

ХРОНИКА ТРЕТЬЯ С ПОЛОВИНОЙ

тите нас великодушно. Мы потревожили ваш покой!

Есть же на свете такие существа... которые живут вот так, хотя могли бы прикончить нас с Сатору одним ударом.

Если их природный инстинкт велит им вести подобную жизнь, то мое счастье, что я родился котом и инстинкт велит мне бороться за жизнь. Я никогда не спасую — даже перед огромным зверем, во много раз крупнее меня. Хорошо быть отважным, внушающим трепет котом!

На всякий случай еще раз повторю свою мысль: эта встреча с лошадьми имела для меня бесценный опыт.

На пути стали попадаться совсем диковинные пейзажи — я никогда прежде не видел таких. Березы с белыми стволами, рябины, сплошь усыпанные алыми гроздьями ягод.

Сатору рассказывал мне, как называется то, как называется это... и про то, что у рябины ярко-красные ягоды, тоже сказал. Как-то один ученый, выступавший по телевизору, заявил, что, мол, кошкам трудно различать красный цвет.

— Ух ты! — вскричал Сатору. — Какие алые гроздья на этой рябине!

Так я узнал слово *алый*.

Наверное, мы с Сатору каждый по-своему воспринимали этот цвет, но теперь я знал, как цвет, который Сатору назвал алым, выглядит в кошачьих глазах.

— А вот на той рябине гроздья еще даже не покраснели...

Увидев из окошка рябину, Сатору всякий раз принимался сравнивать цвет ягод. Так что я, можно сказать, стал экспертом по оттенкам красного. И научился различать их — в пределах моего кошачьего зрения, хотя, наверное, мы с Сатору видели это каждый по-своему. Но во всех оттенках доминировал один и тот же цвет — красный. Я до конца своих дней не забуду названия всех этих оттенков, которые в тот день перечислил мне Сатору.

Мы также проезжали мимо полей, на которых сбор урожая — картофеля, тыкв — был в самом разгаре, а на иных полях все было пусто, урожай уже собран.

Выкопанный картофель крестьяне собирали в мешки такие огромные, что в них, наверное, могло поместиться несколько человек. Потом эти мешки оттаскивали на край поля. И складывали в кучи.

А огромные пирамиды тыкв лежали прямо на черной влажной земле.

А еще там и сям на пологих склонах холмов я заметил множество гигантских пластиковых свертков... я даже не сразу понял, что это такое и кто оставил здесь эти игрушки. Но оказалось, что в этих свертках — скошенная трава.

— Зимой здесь выпадает очень много снега, поэтому местные жители косят траву до начала снегопадов, чтобы у скота зимой был корм.

Снег... Даже в Токио я несколько раз видел какие-то беленькие пушинки, летевшие с неба. Правда, они очень быстро таяли, поэтому можно было не обращать на них внимания. Во всяком случае, я так думал тогда. Здешний снег — совершенно другое дело. Я узнал потом, каково это — попасть в снежный буран, когда ни зги не видишь прямо перед собственным носом, а ветер такой сильный, что сбивает с ног даже меня, сильного и мощного кота... но обо всем этом я расскажу потом.

Снег в «снежной стране» Хоккайдо, где сугробы лежат почти до самых крыш домов, — и снег в большом городе, который успевает растаять за несколько дней... не понимаю, почему называют одним и тем же словом два совершенно разных явления?!

Мы все ехали и ехали вперед, изредка делая короткие остановки у придорожных крошечных супермаркетов-комбини. Постепенно пейзаж начал меняться, пошла гористая местность. Потом и солнце стало садиться.

Мы миновали горный перевал уже в сгущавшихся сумерках — и тут увидели людские жилища. Стремительно спускалась ночь, и наш серебристый фургончик рванул вперед, словно наперегонки с наступающим мраком.

— Сегодня слишком поздно, мы не сможем купить цветов... — обеспокоенно пробормотал Сатору, однако не поехал прямо в гостиницу, где нам предстояло заночевать, а съехал с главной дороги на другую, более узкую.

Мы ехали по этой дороге, и домишки, тянувшиеся вдоль нее, стали попадаться все реже и реже, и наконец мы уперлись в пологий холм. Мы въехали по дороге на его вершину, где стояли железные ворота. Фургончик проехал через них.

За воротами простиралось ровное плато, поделенное на аккуратные квадраты, и на каждом квадрате стояли камни в форме брусков. Я знал, что это такое, потому что видел по телевизору.

Это были могилы.

Похоже, все люди хотят, чтобы после смерти на их могилах стояли дорогущие надгробные камни. Помню, я тогда еще подумал — когда смотрел передачу об этом, — что за странный обычай! В передаче как раз обсуждалась данная тема — речь шла о дороговизне камней и всем таком прочем.

Когда умирают животные, они остаются лежать там, где упали, и только люди ломают голову над тем, как приготовить себе место, где они будут покоиться после смерти. Если думать еще и о том, что станет с тобой после смерти, то и жизнь превратится в полный кошмар... Вот что я полагаю по этому поводу.

Сатору довольно уверенно гнал машину по территории кладбища, словно точно знал дорогу. И наконец резко затормозил.

Мы вылезли из машины, и Сатору медленно побрел между памятниками. Наконец он остановился перед могилой с белесым надгробным камнем.

— Это могила моих родителей, — сказал он.

...Вот, оказывается, куда стремился добраться Сатору! Конечный пункт.

Ума не приложу, почему людям так нравится водружать себе на могиле огромные камни, но я могу понять, почему им нравится ухаживать за этими прекрасными сооружениями.

Я понимал, что проделать весь этот путь на машине было невероятно тяжело для Сатору, и все-таки он доехал сюда на своем серебристом фургончике. Вместе со мной — с котом, как две капли воды похожим на Хати, с такими же отметинками на лбу и хвостом, загнутым в форме семерки.

Коты не бесчувственные создания, они умеют уважать подобные чувства.

— Нана, я хотел навестить их могилу вместе с тобой.

Я знаю, я знаю, — безмолвно ответил я и потерся лбом о камень на могиле.

Рад приветствовать вас, для меня это огромная честь. Хати был хорошим котом, но ведь и я тоже очень даже ничего... Правда ведь?

— Простите меня, я так торопился, что не купил цветов. Я принесу их завтра, — проговорил Сатору, сидя на корточках возле могилы.

В вазе стояли чьи-то слегка увядшие цветы.

— Ах, понятно. Это тетя приезжала. Недавно же был Хиган[1]. — Сатору нежно погладил поникшие лепестки. — Простите, что так редко навещал вас. Мне следовало приезжать чаще.

Я отошел от могилы, чтобы не мешать Сатору. Знал, что он начнет психовать, если я со-

---

[1] *Хиган* (букв. «другой берег») — в Японии: буддийский праздник почитания предков, отмечается ежегодно во время весеннего и осеннего равноденствия. По представлениям верующих земной и загробный миры разделены рекой иллюзий, сомнений и соблазнов. Преодолев эту реку, можно попасть на другой берег и достичь просветления.

всем пропаду из виду, поэтому слонялся в поле его зрения.

За те пять лет, что я прожил с Сатору, он уезжал всего пару раз, чтобы посетить могилу родителей.

— Когда-нибудь я возьму тебя с собой, Нана, — говорил он. — Ты вылитый Хати, думаю, папа и мама будут очень удивлены...

Но никогда не брал меня. Он был очень занят на работе, к тому же друзья, развлечения — дело молодое.

«Когда-нибудь я возьму тебя с собой в далекое странствие»... И вот этот день настал.

— Нана, иди сюда! — Сатору посадил меня к себе на колени. Он гладил меня — и о чем-то молча беседовал с родителями.

Кажется, его мама родилась в этом городе. Дедушка и бабушка работали на этой земле, однако покинули сей мир очень рано, и мама Сатору с младшей сестрой не смогли тянуть на себе такое хозяйство, поэтому продали дом и землю. Наверное, его мама потом жалела об этом всю оставшуюся жизнь.

Особенно после того, как в семье появился Сатору.

Родные места, где осталась только могила, — это мучительно больно для маленького ребенка. Но те немногие родственники, что еще жили здесь поначалу, разъехались кто куда, так что приходилось принимать ситуацию, как она есть.

В мире существует много вещей, на которые мы не можем никак повлиять...

ХРОНИКА ТРЕТЬЯ С ПОЛОВИНОЙ

Наконец Сатору поднялся, продолжая крепко обнимать меня.

— Мы вернемся завтра, — сказал он и направился к машине.

Мы ехали молча через погруженный во мглу совершенно темный город к нашему ночному прибежищу.

Это была обычная небольшая гостиница, однако в ней оказалось несколько комнат для постояльцев с животными. Хозяева были чрезвычайно любезны. Хотя в журнальной рекламе было написано «Только с собаками», Сатору позвонил и без проблем уладил дело насчет меня по телефону.

Он вел машину весь день и, видимо, страшно вымотался. Выйдя поужинать в город и что-то купить, он вернулся меньше чем через час и буквально свалился, уснув мертвым сном.

Тем не менее утром он вскочил ни свет ни заря. Быстро уложил наши немудреные пожитки. И когда мы вышли на улицу, солнце еще только-только вставало.

— Проклятье, цветочные лавки еще закрыты!

Он сделал круг по площади у станции — но увы...

— Может, какой-то магазинчик работает по дороге на кладбище.

Ты, Сатору, выскочил из гостиницы спозаранку, какие тут могут быть лавочки. Все ставни закрыты.

По дороге на кладбище Сатору съехал на обочину.

— Похоже, нам придется удовольствоваться вот этим.

Сатору принялся рвать цветы — и это были те самые желто-лиловые цветы, которыми мы любовались вчера по дороге сюда.

Отлично! Они даже лучше, чем из магазина, такие красивые! Вчера Сатору так любовался ими, и папа с мамой тоже будут в восторге.

Я нашел несколько стеблей, прямо усыпанных цветами, и показал их Сатору.

— Нана, ты тоже ищешь цветы? — рассмеялся Сатору.

И сорвал те цветы, о которые я терся, пытаясь ему показать.

Он набрал целую охапку, и мы поехали дальше к кладбищу.

Накануне было совсем темно и ничего не видно, а теперь я разглядел с вершины холма лежащий в низине городок до самой его окраины, где городской пейзаж сменялся полями.

Кладбище выглядело гораздо приятнее, приветливее этим ранним утром, нежели накануне ночью, хотя и вчера, когда мы приехали сюда в кромешной тьме, я не особо испугался. Обычно могилы и храмы навевают мысли о призраках и привидениях, однако это место не было ни страшным, ни мрачным и не вызывало опасений, что вот сейчас откуда-нибудь вдруг появится мстительный дух.

Вам интересно, видим ли мы, коты, духов и призраков? Знаете ли, некоторые вещи в этой жизни лучше не выяснять — пусть себе остаются загадкой...

Сатору выбрался из машины, с полной охапкой цветов и садовыми инструментами (должно быть, он купил их вчера вечером).

Убрав могилу, он вынул из вазы увядшие цветы, налил свежей воды и поставил новые, которые мы только что сорвали, добавив к ним немного космей[1], буйно росших в окрестностях, — букет получился очень нарядным и праздничным.

Половина сорванных цветов не вошла в переполненную вазу.

— Они нам еще пригодятся, позже, — сказал Сатору и, завернув цветы в мокрую газету, положил их в багажник машины.

Он снял обертки с мандзю[2] и сладостей, купленных накануне, и положил их на могилу. Скоро сюда приползут муравьи, а вороны и хорьки растащат все по кусочку, но это лучше, чем оставить приношения гнить в упаковке.

Потом Сатору зажег курительные палочки. Похоже, в семье Сатору придерживались обычая зажигать сразу всю связку. По мне, так слишком дымно, и я немного отодвинулся, устроившись против ветра, чтобы дым не ел глаза.

Сатору сел у могилы и долго-долго смотрел на надгробный камень. Я запрыгнул к нему на

---

[1] *Космеи*, или мексиканские астры, — однолетние и многолетние растения с белыми, розовыми, красными, пурпурными цветками, напоминающими ромашки.

[2] *Мандзю* — сладкие пирожки из пшеничной, гречишной или рисовой муки с начинкой из красных бобов с сахаром.

колени и прижался к его груди, Сатору просиял и почесал меня под подбородком.

— Как славно, что я смог тебя сюда привезти, Нана, — пробормотал он еле слышно. Было видно, что он счастлив.

Спустя некоторое время я слез и немного обследовал окрестности, не отходя далеко от Сатору. Под невысокой живой изгородью, окаймлявшей участок, росли какие-то цветы с узловатыми стеблями, что-то вроде астр.

А под ними прыгал кузнечик или что-то такое... Я сунул морду в цветы, принюхиваясь.

Тут подошел Сатору. Видимо, он уже закончил беседу с родителями.

— Нана, что там такое? Ты весь зарылся в эти астры.

Нет, не в астры... вот там, под ними, что-то шевелится...

— Что ты там нашел?

Там что-то очень юркое! Я, правда, мельком увидел, но оно прыгает! И очень странно пахнет.

Я продолжал принюхиваться, и Сатору рассмеялся:

— А вдруг это коробоккуру?[1]

Что-что?

— Маленькие человечки, которые живут под листьями этого растения.

---

[1] *Коробоккуру* (коропоккуру) — в мифологии айнов (древнейшего населения Японии) маленькие человечки, по виду похожие на гномов, обитавшие в норах под землей и считавшиеся божествами растений.

ХРОНИКА ТРЕТЬЯ С ПОЛОВИНОЙ

Что-о? Впервые слышу про такое. А что, на земле и правда обитают такие диковинные существа?

— Про них говорилось в моей любимой детской книжке со сказками.

А, опять сказки...

— Маме с папой тоже очень нравилась эта история. Они так радовались, когда я смог наконец сам ее читать.

Сатору еще долго рассказывал мне разные подробности про маленьких человечков, но для котов такие вещи не слишком интересны, поскольку это все выдумка, и я даже зевнул, широко раскрыв пасть.

— Я смотрю, тебе не очень-то интересно? — улыбнулся Сатору.

Ну-у... коты — большие реалисты.

— Обещай, если ты и в самом деле увидишь такого, не надо его ловить, хорошо?

Хорошо, хорошо. Я тебя услышал. Если бы они действительно существовали, эти маленькие человечки, я бы с большим удовольствием сцапал одного-двух, но из уважения к тебе, Сатору, воздержусь.

Сатору еще раз присел около могилы — на прощание. Я тоже потерся мордой о ее угол, выражая свое почтение.

Сатору произнес краткую молитву, затем поднялся.

— Увидимся... — сказал он. У него явно отлегло от сердца, во всяком случае, лицо у него было спокойное и расслабленное. Он сделал то, что должен был сделать.

Мы тронулись, но очень скоро Сатору снова остановился — у другой могилы.

— Это могила моих дедушки с бабушкой.

Он возложил на могилу оставшиеся цветы, развернул мандзю и сладости, совершил приношение и воскурил благовония.

На могиле дедушки с бабушкой он пробыл недолго. Оно и понятно, ведь он даже ни разу их не видел.

— Ну, в путь!

Следующим пунктом назначения был Саппоро, где жила тетя Сатору.

Наш серебряный фургончик тронулся в последний путь.

Мы ехали по какой-то совершенно неведомой дороге, которой и на карте не было. Дорога вела через довольно крутой холм. И справа и слева мелькали белые стволы берез. Густой подлесок состоял из невысокого полосатого бамбука. Привычный пейзаж для Хоккайдо.

Вдруг Сатору негромко вскрикнул и резко нажал на тормоз. От неожиданной остановки меня швырнуло вперед, я едва удержался.

Эй, что там такое?!

— Нана, ты только посмотри! Вон туда!

Я повернулся в ту сторону, куда показывал Сатору. И... *Вау! Вот это сюрприз!*

Там стояли два взрослых больших оленя и один поменьше, с белыми пятнышками на спинах. Наверное, олененок с родителями. Благодаря узору на шкурах они практически сливались с подлеском. Какой великолепный камуфляж!

— Я поначалу даже и не заметил их, но один пошевелился — и тут я увидел!

У этого оленя был пушистый белый зад в форме сердечка. Он-то и выдал его присутствие.

— Опустим стекло?

Сатору перегнулся через пассажирское сиденье, нажал на кнопку, и стекло начало опускаться с легким гудением. Тут все семейство, как по команде, дружно обернулось на нас.

Воцарилось напряженное молчание.

А, понятно, понятно! Эти олени — они такие же, как те кони! Если разделить всех животных на две категории, то олени натурально жертвы, преследуемые.

— Похоже, я их вспугнул.

Сатору перестал опускать стекло. Вся троица пристально разглядывала нас, потом большие олени — родители — повернулись и поскакали вверх по склону. Олененок же продолжал стоять, не сводя с нас глаз. Видимо, у него еще не выработалось чувство опасности. Родители обеспокоенно позвали его с вершины холма, и малыш, сверкнув на прощание своим белым задом с рисунком в форме сердечка, тоже помчался по склону.

— Все... убежали... — Сатору с сожалением проводил троицу взглядом. — Но это просто потрясающе! Я никогда еще не видел оленей так близко от дороги!

Скажи спасибо моему хвосту! Погоди, мой загнутый в форме счастливой семерки хвост еще подгребет тебе много чудес!

Подтверждение моему пророчеству не заставило себя долго ждать.

Пейзаж снова был самым обычным для здешних мест. За пологими холмами виднелись невысокие пологие же горушки с небольшими участками пахотных земель между ними.

Когда нас накрыла серая туча, начал накрапывать дождик. Он был похож на легкий дождик среди ясного дня, знаете, бывает такой, когда капают редкие-редкие капли.

— Обалдеть! Какая у этого дождя четкая граница!

Сатору крутил баранку с чрезвычайно довольным видом, а вот на котов дождь нагоняет уныние. Я мечтал о том, чтобы мы поскорее выбрались из дождя под ясное небо.

Тут Сатору издал странный звук, прямо-таки задохнулся от изумления. Я дремал, но тут сразу проснулся и поднял морду. Сатору осторожно затормозил и поставил машину на обочине.

В небе над холмом висела семицветная радуга.

Одним концом она упиралась в холм. Вторым концом ее невысокая арка упиралась в другой холм.

Я никогда не видел конца и начала радуги, ни разу в жизни. Видимо, и Сатору тоже, поскольку он затаил дыхание.

ХРОНИКА ТРЕТЬЯ С ПОЛОВИНОЙ

Сейчас мы оба впервые в жизни видели чудо чудное — вместе.

— Давай выйдем из машины?

Сатору очень осторожно выбрался наружу, словно опасался, что от неловкого движения радуга может исчезнуть.

Он поднял меня с пассажирского сиденья, и мы оба уставились в небо.

Оба конца радуги твердо стояли на земле. В самом центре цвета были немного глуше, однако радуга была целенькая и нигде не прерывалась, являя собой идеальную арку. Где-то я видел эти цвета... И тут я вспомнил. Цветы на могиле нынешним утром! Дикие фиолетовые хризантемы, отличавшиеся друг от друга оттенком, ярко-желтые цветы золотарника и разноцветные лепестки космей... Если накрыть букет прозрачной газовой тканью, получится вот такая радуга.

— Мы с тобой возложили на могилы радугу.

Услышав это, я чуть не подпрыгнул от счастья. Мы с Сатору на одной волне!

Но я не стал раздуваться от гордости, а снова задрал морду и посмотрел вверх. Тут я заметил еще одну потрясающую штуку.

Продолжая смотреть в небо, я призывно мяукнул, Сатору проследил за моим взглядом — и тоже увидел *это*.

Над идеальной аркой большой радуги была еще она радуга — не такая яркая, но очень, очень, очень большая!!!

Сатору снова ахнул.

— Изумительно! — сказал он охрипшим голосом.

Под конец путешествия увидеть такие чудеса! Мы увидели их в первый раз в жизни — и увидели вместе. Я никогда не забуду эту радугу, словно благословлявшую нас...

Мы стояли долго-долго, пока не прояснилось и радуга не растаяла в небе.

Это было наше последнее странствие.

Давай увидим как можно больше чудес в нашем последнем странствии! Давай проведем отведенные нам часы так, чтобы увидеть как можно больше прекрасного! — вот о чем я молился накануне, когда мы отправлялись в дорогу.

И мы увидели их. Много чудес. Даже двойную радугу! И нет сомнения в том, что благословен будет последний наш путь...

Вскоре после этого мы прибыли в Саппоро. На этом закончилось наше последнее путешествие.

ХРОНИКА ЧЕТВЁРТАЯ

НОРИКО

На предыдущем месте службы Норико часто переводили с места на место, поэтому она привыкла к переездам. То, что требовалось для повседневной жизни, она аккуратно доставала из картонных коробок по очереди, сами же коробки так и стояли не разобранными до конца. Когда две-три коробки пустели, она складывала их, чтобы освободить побольше жизненного пространства.

Она не любила обременять себя хозяйственными товарами и разной техникой, поэтому вещей всегда было немного.

Норико только что извлекла из очередной коробки настенные часы. Стрелки показывали полдень. Она еще не нашла крючка, на который вешаются часы, поэтому пока положила часы на диван в гостиной. Каждый раз она давала себе зарок упаковывать вместе в одну и ту же коробку часы и крючок — но каждый раз забывала.

Как всегда при переезде, в страхе, что она может засунуть куда-то, а потом не найти мобильник, Норико клала его в карман. И теперь он вибрировал. Пришло оповещение. Имейл.

Имейл был от Сатору Мияваки, племянника Норико. Память об умершей сестре. Мияваки — фамилия ее мужа.

«Прости!» — стояло в теме письма. К тексту был прикреплен миленький смайлик.

Сама Норико никогда не ставила в письмах эмодзи. Возможно, они и создают иллюзию близости и доверительности, и в более молодом возрасте Норико иногда использовала их, но все, кто получал ее письма с рожицами, как-то смущались, и Норико так и не привыкла к этому новшеству, а сейчас ей и вовсе за пятьдесят.

«Я обещал приехать днем, но похоже, что опаздываю. Извини, что оставляю тебя в одиночестве распаковывать вещи».

Сатору говорил, что сначала навестит могилу родителей. Наверное, это заняло слишком много времени.

Норико ввела тему сообщения: «Поняла». В самом письме написала: «Без проблем. Будь аккуратнее за рулем».

Отослав письмо, Норико вдруг заволновалась — как-то нелюбезно вышло... или нет? Нехорошо, если Сатору решит, что письмо такое холодное потому, что она разозлилась на него из-за задержки.

Она открыла только что отправленное письмо и перечитала его. И у нее, и у Сатору сообщения были краткими и лаконичными, но у Сатору письмо было теплое, а у нее — какое-то шаблонное и формальное. Может, добавить что-то?

Она напечатала «P. S.», чтобы написать новое, более непринужденное послание, однако ничего подходящего на ум не шло. Измучившись, но так ничего и не придумав, Норико напечатала: «Не торопись, а то попадешь в аварию». И отправила письмо. Но тотчас же пожалела об этом, в точности как было с первым письмом. Не следовало писать такое.

Чтобы хоть как-то исправить вторую оплошность, Норико послала третье письмо, с темой «P. P. S.». «Я волнуюсь, что ты будешь ехать слишком быстро, из-за того что опаздываешь». Отправив это, Норико тут же сообразила, что она все, решительно ВСЕ сделала неправильно: завалила Сатору письмами, которые отвлекают его внимание от дороги — вопреки ее истинному намерению.

Но тут пришло ответное послание от Сатору. В теме письма стоял иероглиф «варау» — «смеюсь». У Норико отлегло от сердца.

«Спасибо тебе за заботу и беспокойство обо мне. Воспользуюсь твоим любезным советом и поеду не спеша».

И в конце письма еще один эмодзи — приветливо машущая рука.

Совершенно измотанная собственной беспомощностью и нерешительностью, Норико без сил опустилась на диван. Ее племянник моложе ее лет на двадцать пять или даже больше, как же они будут общаться, если он и дальше будет вынужден реагировать на каждую ерунду?

Но ведь, если вдуматься, так было всегда. Между Норико и Сатору. С того самого дня, когда погибли сестра и ее муж и Норико взяла на воспитание оставшегося двенадцатилетнего мальчика.

Сестра всегда выкладывалась по полной ради Норико, и теперь та старалась сделать то же самое для ее сына. Однако она никогда не могла избавиться от чувства, что все, что она делает для него, сводится исключительно к материальному благополучию.

Сестра была на восемь лет старше Норико. Мать умерла, когда Норико была совсем маленькая, а отец — как раз перед ее поступлением в старшую школу. Так что сестра всегда была ее единственным опекуном.

Когда умер отец, Норико решила не продолжать учебу, однако сестра настояла на поступлении в университет, ведь у сестренки такой блестящий ум!

После окончания школы старшая сестра устроилась на работу в местный сельскохозяйственный кооператив и, похоже, немало ломала голову над вопросом, сможет ли Норико продолжать учебу в университете. Финансовое положение сестер было отнюдь не блестящим, и даже пока был жив отец, поступление в университет обеих дочерей было бы для семьи непосильным бременем. Тем не менее весной Норико выдержала экзамены на юридический факультет, выбрав специализацию по своему желанию, и сестра перевезла ее в Саппоро. Университет Норико находился за пределами Хоккайдо, поэтому им обеим предстояло распрощаться с родными местами. Сестра воспользовалась этим случаем и продала все земельные участки и лесные делянки, доставшиеся от отца.

Продавать их по частям невыгодно, объяснила сестра, ничего не заработаешь. Они отдали участок земли в аренду фермеру, жившему по соседству, однако это почти не приносило дохода. А вот если продать все оптом, то можно выручить вполне приличную сумму, которой хватит на обучение Норико и на жизнь.

Поначалу им очень не хотелось продавать также и дом, в котором они выросли, и они сдавали его, но незадолго до окончания университета сестра продала и его. Она вышла замуж, и эти деньги пошли на оплату учебы Норико — как раз примерно столько они оставались должны университету. Новая семья не намерена была оказывать дальнейшую финансовую поддержку младшей сестре невестки.

Сестра Норико много раз просила прощения за то, что вышла замуж, не дождавшись, пока та доучится, но Норико знала, как безропотно ждал свадьбы ее жених. По службе его перевели с Хоккайдо в другую префектуру, но перед отъездом он сделал сестре предложение.

Это была формальная причина, но было еще кое-что, о чем предпочитали не говорить. Семья жениха была против его женитьбы на девушке, у которой не было родителей и которая к тому же содержала младшую сестру. Семья была очень зажиточная, и там решили, что нуждавшаяся в финансах девица ищет легких денег. Чтобы отвадить сына от сестры Норико, они устраивали бесчисленные омиаи¹, пытаясь свести сына с другими девушками, и им обоим пришлось многое преодолеть, чтобы выдержать эту осаду.

Однако жених оказался порядочным человеком и, несмотря на давление со стороны семьи, не бросил сестру Норико. Она была ему очень благодарна за это. Ей и в голову не приходило возражать против свадьбы. Но...

— Сестричка, может, не стоит продавать наш дом? Мы его сдали в аренду, чтобы он не пришел в запустение, но ты ведь хотела вернуться туда... Со временем. Мне осталось учиться всего год, после экзаменов — практика, а практикантам платят зарплату, как госслужащим.

Выслушав Норико, сестра помрачнела:

— Дело в том, что мы не можем сдавать наш дом и дальше. Никто не хочет там жить, дом уже очень старый. Нынешний арендатор сказал, что отремонтирует дом, если мы ему его продадим, в противном случае он просто съедет. А условия сделки неплохие. Мы с тобой обе живем далеко от родных мест и не можем поддерживать пустующий дом в приличном состоянии. Возможно, после ремонта мы и нашли бы новых арендаторов, но с деньгами у нас весьма затруднительно... А в теперешнем состоянии дом не переживет зимние снегопады.

Раньше сестра не посвящала Норико в такие детали, и та только теперь поняла, каких

---

¹ *Омиай* — японский обычай: свидание, устроенное родителями, для знакомства потенциальных жениха и невесты.

усилий стоило сестре обеспечить для нее безбедную жизнь. Норико мечтала когда-нибудь отблагодарить сестру за все, что она для нее сделала. Но не успела. Сестра слишком рано ушла из жизни — вместе с мужем.

А значит, ее долг — сделать все возможное для их сына — Сатору. Так думала Норико. Однако с самого начала с Сатору все пошло вкривь и вкось, не так, как надо.

И Сатору она тоже не смогла дать того, что должна.

(Прости меня, сестричка...

Сатору никогда не был счастлив со мной.

Я вечно свожу его с ума всякой ерундой вроде этих имейлов. В ответном письме с темой «Смеюсь» он отделался шуткой, но видно же, что что-то не так.)

С самого первого дня, когда Норико взяла Сатору к себе, он был очень разумным, послушным и каким-то взрослым ребенком. Но был ли он таким на самом деле? Что творилось у него в душе?

Сестра всегда твердила, что Сатору — несносный мальчишка, очень трудный ребенок, но при этом всегда радостно улыбалась.

И правда, пока были живы родители, Сатору в самом деле бывал порой абсолютно невыносим. Когда Норико приезжала к ним в гости, он держался очень самоуверенно, как будто он — пуп вселенной, — так ведут себя дети в семьях, когда родители обожают их сверх всякой меры. Он цеплялся за Норико, канючил «тетя, тетя!», капризничал, гримасничал и скандалил.

В общем, ребенок как ребенок. Однако, когда Сатору стал жить с Норико, он ни разу не позволил себе таких выходок. Но не потому, что смерть родителей заставила его быстрей повзрослеть, — скорее, все дело было в характере тети.

Единожды потерпев фиаско, она оставила идею сломать барьер, который воздвигла между собой и племянником, и предоставила Сатору самому выкручиваться из этого положения.

Пусть он хотя бы проведет без страхов и забот свои последние дни... Норико искренне желала этого, но, кажется, даже нормально обменяться мейлами с племянником у нее не выходит.

«Ну, раз так, — подумала Норико, вставая с дивана, — следует хотя бы привести здесь все в порядок до приезда Сатору. Насколько это возможно». Да, она не мастер разбираться в тончайших движениях души и оттенках чувств, но даже такой черствый сухарь, как она, должен уметь собраться и сделать работу, которую сделать необходимо.

Было уже около трех, когда Сатору подъехал к дому Норико.

— Прости за опоздание, тетя Норико!

— Ничего, я сама быстрей со всем управилась.

Она хотела сказать, что не стоит так беспокоиться, но это прозвучало как упрек, и лицо у Сатору приняло растерянное выражение.

ХРОНИКА ЧЕТВЕРТАЯ

Увидев это, Норико поняла, что снова ляпнула что-то не то.

«Мы теперь будем жить вдвоем. Но если я все время буду говорить, что прекрасно справляюсь сама, то получится, будто я его отталкиваю», — подумала она.

— Я совершенно не против, что теперь мы будем жить вместе, не думаю, что это принесет какие-то неудобства. В конце концов, я твой опекун, — поспешно добавила Норико. И тут же осознала, что вот этого как раз лучше было не говорить. Чем больше она старалась выразить свои чувства, тем торопливее становилась ее речь. — Я не стала распаковывать только твои вещи, Сатору. Я отнесла коробки к тебе в комнату. В общем, с разбором вещей я почти закончила, и тебе не нужно мне помогать.

Взглянув на Сатору, который стоял, ошеломленно моргая, Норико вдруг осознала, что она вылила на него всю эту информацию без передышки, ни разу не дав ему возможности ответить.

— Извини меня. Боюсь, что я так и не изменилась...

Норико удрученно ссутулилась, но Сатору коротко рассмеялся:

— Я рад, что ты не изменилась, тетя Норико. Мы уже тринадцать лет живем порознь, и я, признаться, даже слегка тревожился по этому поводу, не зная, какой ты стала.

Сатору снял сумку, висевшую у него на плече, и бережно поставил на пол переноску для животных.

— Нана, вот твой новый дом.

Он открыл дверцу переноски, и из нее тотчас же выпрыгнул кот. У кота на лбу были две отметины в форме иероглифа «хати» и черный крючковатый хвост. А так он был совершенно белый. Кажется, у Сатору был точно такой же кот — очень давно, когда Норико только-только взяла мальчика к себе, но с котом пришлось распрощаться, отдать родственникам.

Кот ходил по комнате, обнюхивая все подряд.

— Прости, что вместе со мной тебе пришлось принять и моего кота. — На лице Сатору отразилось раскаяние. — Я пытался найти для него подходящее место, до того как приехать к тебе, но мне так и не удалось подыскать хорошего хозяина. Хотя многие предлагали свои услуги.

— Все в порядке!

— Но тебе пришлось из-за этого переехать на другую квартиру, где разрешают держать кошек.

Сатору действительно говорил Норико, что он подыщет кого-нибудь, кто возьмет у него Нана, но ничего не вышло — и вот Сатору здесь, вместе с котом. Норико съехала из дома, где запрещалось держать домашних питомцев, и поселилась тут, где арендодатель не возражал против кошек. Новый дом оказался расположен весьма удачно — отсюда Сатору будет удобно ездить в клинику.

— О, Нана, я смотрю, ты уже нашел себе кое-что подходящее!

ХРОНИКА ЧЕТВЕРТАЯ

Сатору прищурился, следя за котом. Норико тоже посмотрела в ту сторону: кот обнюхивал пустую картонную коробку, которую она еще не успела сложить.

— Почему его так интересует эта коробка? — удивилась Норико. Для нее это был просто ящик из картона.

— Коты обожают пустые коробки и бумажные пакеты. А еще им нравятся всякие щели, куда можно забраться.

Сатору сел на корточки рядом с котом, и Норико увидела его шею — тонкую-тонкую. Как у старичка. Ворот рубашки был слишком велик для такой тонкой шеи.

А ведь Сатору еще так молод...

У Норико защипало в носу, и она выскочила на кухню.

Она старше Сатору на двадцать пять с лишним лет, это она должна была уйти первой. Ну почему Сатору?!

«Прости меня, тетя Норико...»

Норико вспомнила тот день, когда Сатору позвонил ей в полной панике. Обследование выявило у него злокачественную опухоль. Нужна была срочная операция.

Норико тут же помчалась в Токио. В клинике врач объяснил ей ситуацию. Поводов для особого оптимизма и так не было, но пока Норико слушала врача, слабая надежда угасала с каждой минутой. Чем раньше, тем лучше. Лучше прооперировать немедленно. Но операция оказалась бесполезной. Разрезали — и зашили. Метастазы пошли уже по всему телу, и врачам оставалось только обрабатывать пораженные участки кожи.

Прогноз — год жизни.

После операции Сатору лежал в больничной палате, растерянно улыбаясь.

— Прости меня, тетя Норико.

И вот опять, та же самая фраза...

«Зачем ты извиняешься», — укоризненно попеняла ему Норико, но он снова начал извиняться, потом просить прощения за то, что извинился, — однако последние слова застряли у него в горле.

Сатору решил уйти с работы, уехать из Токио и поселиться с Норико. Когда его окончательно положат в больницу, Норико сможет ухаживать за ним.

Норико работала судьей в Саппоро, однако ей пришлось сменить место службы в преддверье приезда Сатору. Судей часто переводят с места на место, и не было никаких гарантий, что она не окажется в самом неподходящем месте, когда Сатору будет на пороге смерти. Использовав свои профессиональные связи, Норико смогла устроиться адвокатом в юридическую контору, располагавшуюся в Саппоро.

Сатору очень волновался из-за того, что Норико сменила работу, но она сама подумывала о такой перспективе после выхода в отставку по возрасту. Просто это пришлось сделать немного раньше.

ХРОНИКА ЧЕТВЕРТАЯ

В сущности, следовало уйти из судей уже давно — как только она взяла опекунство над Сатору, и теперь Норико очень жалела, что не сделала этого тогда.

Если ей удалось сменить место работы сейчас, значит это было возможно и в те времена. Когда Сатору был совсем маленьким и впечатлительным, а она вынуждала его раз за разом переводиться в новую школу, отрывала его от друзей и тех мест, где ему было тепло и комфортно и где он успел пустить корни.

Если ему уготовано покинуть этот мир в столь юном возрасте, то ей следовало подарить ему более счастливое детство.

Сдерживая подступающие слезы, Норико делала вид, что наводит порядок на кухне. Но тут Сатору окликнул ее из комнаты:

— Тетя Норико, можно, мы оставим себе эту маленькую коробку и не будем ее складывать? Похоже, она понравилась Нана.

— Когда она ему надоест, сложи ее, пожалуйста! — Она сказала это нарочито громко, чтобы Сатору не расслышал слез в ее голосе. — А ты сразу нашел парковку?

Она арендовала одно место в подземном гараже — специально для фургончика Сатору.

— Да, сразу. Под номером семь, с краю. Ты специально выбрала номер семь для меня?

Сатору был явно доволен тем, что номер парковки был созвучен имени кота.

— Да нет. Просто подумала, что это место легче найти.

Ответив честно, Норико тотчас же почувствовала, что вот тут лучше было бы немножечко приврать. Прикусив от досады губу, она решила задать довольно глупый вопрос:

— Выходит, имя Нана — это то же, что цифра семь?

— Верно. У него хвост загнут в форме семерки.

Сатору хотел схватить Нана, чтобы показать его хвост Норико, но кота в комнате не было.

— Нана, ты где? — Сатору повертел головой, озираясь.

В ответ из кухни раздался истошный визг Норико. Что-то пушистое коснулось ее ноги. Она выронила из рук сковородку, и та с грохотом упала на пол. Норико снова завизжала — и что-то маленькое и пушистое метнулось прочь. Кот.

Сатору подхватил улепетывающего кота и расхохотался. Похоже, что визг Норико не стал для него большой неожиданностью. Досмеявшись до слез, Сатору извинился:

— Тетушка, ты же не очень любишь кошек, но вот теперь кот живет в твоем доме.

— Не то что я их не люблю... просто не знаю, как с ними обращаться, — возразила Норико.

Однажды, когда она была совсем маленькой, Норико захотела погладить дворового котенка, и он больно укусил ее за руку. Рука сильно распухла — и с тех пор кошки были занесены в разряд непонятных и опасных созданий.

ХРОНИКА ЧЕТВЕРТАЯ

Тут ей в голову пришла довольно неожиданная мысль. А откуда Сатору узнал о ее неприязни к кошкам?

— Но... ты, пожалуйста, не подумай, что тогда мы отдали кота из-за моих сложностей с кошками.

— Я знаю. Знаю, что не поэтому.

Когда она оформила опекунство над Сатору, они были вынуждены отдать кота, потому что ее работа предполагала бесконечные переезды. Большинство домов, в которых они жили с Сатору, были казенными, и держать животных там было запрещено.

Но если бы она любила кошек, то смогла бы преодолеть эти препятствия? Если бы у нее когда-нибудь были домашние любимцы — не обязательно кошки, — возможно, она сумела бы понять чувства ребенка, которого разлучают с любимым существом.

Когда Сатору ездил с классом в школьную поездку в Фукуоку, он улизнул вечером из отеля. Учителя поймали его на станции, ему сделали строгий выговор и связались с опекуном. Норико была потрясена.

Неужели он пытался повидаться с котом, которого отдали родственникам в Фукуоке? Эти очень дальние родственники жили в Кокуре, следующая станция за Хакатой, если ехать на скоростном поезде «Синкансэн».

Как-то Сатору очень деликатно намекнул, что хотел бы повидать кота, но Норико ответила, что это невозможно, она очень занята. Лично для нее вопрос с котом был решен. Его отдали в хорошие руки, людям, на которых можно положиться, так что нет никакой нужды ехать в такую даль, только чтобы повидаться с котом. Что за необходимость?

Тогда Сатору сбежал не один, а с другом. Узнав подробности, Норико еще больше занервничала. Друг объяснил, что хотел посетить одно памятное место, где он бывал вместе с разведенными родителями. Возможно, Сатору сделал это из сострадания к тоскующему одинокому другу? Но Сатору всегда был таким послушным... И как бы он ни сочувствовал своему приятелю, так грубо нарушить правила во время школьной поездки... нет, это не вязалось с Сатору. Может, то была инициатива друга, это он предложил: «Ты хотел увидеть кота? Так давай махнем вместе!» Тогда к коту все это не имеет прямого отношения. Однако в итоге к коту они так и не съездили... Кот умер, когда Сатору учился в старшей школе. Он тогда все деньги, заработанные за летние каникулы, потратил на поездку на могилу кота.

Норико снова какое-то время переживала. И почему только она не отвезла Сатору к коту, пока тот был жив.

— Ты прости меня, Сатору. Я тогда не понимала, как сильно ты любил того кота. Я должна была взять его к нам, когда ты был маленьким.

— О Хати хорошо заботились до самого конца, этого довольно. И это ты нашла таких приличных людей. А сейчас Нана испортил отношения в каждом доме, куда я его привозил. Огромное тебе спасибо, что ты приняла нас обоих.

Сатору повернул мордочку Нана к Норико.

— Нана, смотри. Это тетя Норико. Веди себя с ней хорошо.

* * *

«Веди себя с ней хорошо…» Можешь повторять это сколько угодно, только я еще очень зол. Норико ужасно невежливая. Раз мы приехали жить у нее вместе с Сатору, то естественно, я постарался наладить с ней отношения и пошел поздороваться.

Для кошек потереться о чьи-то ноги — знак выражения самых теплых чувств. Объясните мне, что это было такое, этот истошный визг: «И-и-и»?! Можно подумать, что она темной ночью наткнулась на привидение.

Ну да ладно, поскольку Норико приняла меня вместе с Сатору, перетерпим это, не будем обращать внимание.

Наша первая встреча была подлинным кошмаром, однако совместная жизнь все-таки началась.

Норико относилась к тому типу людей, которые совершенно не понимают кошек, и нам обоим потребовалось некоторое время, чтобы установить безопасную дистанцию.

— Доброе утро, Нана!

Норико тоже старалась привыкнуть ко мне, только делала это по-своему. И, здороваясь со мной, она боязливо протягивала ко мне руку... Но о чем она думала, когда хваталась при этом за мой хвост?! Я имею в виду, что до моего хвоста дозволено дотрагиваться только моим близким друзьям. Обычно за такие вольности дерзнувшие прикоснуться к моему хвосту получают от меня хорошую оплеуху лапой, но из уважения к хозяйке дома мне пришлось ограничиться тем, что я просто с недовольной мордой подбирал хвост.

Я надеялся, что до Норико дойдет и она наконец сообразит, что мне это не нравится, но нет, она упорно не оставляла мой хвост в покое.

Однажды утром эту сцену увидел Сатору и пришел мне на помощь:

— Тетя Норико, так нельзя делать! Нельзя трогать Нана за хвост ни с того ни с сего, он этого терпеть не может!

— А где его можно трогать?

— Ну, погладь по голове или почеши за ушками. Когда он немного привыкнет, можно пощекотать его под подбородком.

Держа в одной руке зубную щетку, Сатору другой рукой наглядно продемонстрировал на мне процесс почесывания.

— Голова, за ушами, под подбородком...

Как вы думаете, что делала Норико, выслушивая инструкции? Вы не поверите: она записывала все в тетрадку!

— За хвост не трогать.

— А зачем ты записываешь? — расхохотался Сатору.

— Затем. Чтобы не забыть, — с чрезвычайно серьезным видом ответила Норико.

Ну что за бестолочь!..

— Лучше не записывай, а попробуй сама погладить. Быстрей запомнишь.

— Но... там же рот близко...

Что она имеет в виду, говоря: «Там же рот близко»?

— А если он меня укусит?

Какая неслыханная дерзость! Как ты смеешь говорить такие вещи обо мне, истинном джентльмене, который даже лапой тебя не тронул, когда ты хваталась за мой хвост! А ты проделала это много раз! За то, что ты сейчас сказала, тебя действительно следует укусить!

— Хорошо, я попробую...

Подбадриваемая Сатору, Норико со страхом протянула ко мне руку. В самом деле, за такие слова ее следовало бы хорошенько тяпнуть. Но я взрослый кот и умею сдерживать себя, так что можете похвалить меня, ваши аплодисменты!

Но теперь мне стало понятно, почему Норико всегда первым делом тянулась к моему хвосту. Если следовать ее логике, эта часть моего тела наиболее удалена от моих зубов. Вообще-то, все животные реагируют острее, если трогать их за хвост или за спину, нежели за морду.

— Ой, он такой... мягкий!

М-да... я всегда гордился тем, что на ощупь моя шёрстка похожа на бархат.

— Смотри, Нана нравится, как ты его гладишь!

Честно признаться, Норико гладила весьма неумело, и мне вовсе не было приятно, однако ради процесса тренировки я сделал вид, будто мне нравится. Можно надеяться, теперь она наконец перестанет охотиться за моим хвостом.

— И-и-и! — взвизгнула Норико, отдёрнув руку.

Я невольно сжался. Что ещё такое?

— У него... у него в горле какая-то кость... она движется, вверх-вниз... Фу-у-у!

Какая неслыханная наглость!!! Да мне не очень-то и нравится, когда ты меня гладишь, я замурчал исключительно для виду, чтобы сделать тебе приятно!

— Не волнуйся. Это он так мурлыкает, когда ему приятно, — вступился за меня Сатору.

В теории это так. Но только в теории. А сейчас я просто делаю вид, чтобы поучить тебя, и прошу не забывать об этом.

— Оказывается, кошки мурлыкают горлом... — удивлённо заметила Норико.

Она вроде как успокоилась и даже погладила пальцем меня по шее.

— А чем ещё кошки могут мурлыкать?

— Я думала, они мурлыкают ртом...

Мурлыкают ртом!!! Как вам это? Ты совсем идиотка? Ох, от таких потрясений я уже стал сквернословить... Мильон извинений!

ХРОНИКА ЧЕТВЕРТАЯ

Норико наконец перестала меня гладить, и я перестал мурлыкать. А потом забрался в картонную коробку, которую специально поставили в углу гостиной.

Эта коробка, которую Сатору мне выбрал, была то, что надо, — в меру тесная и очень уютная.

— Сатору, до каких пор будет стоять здесь эта коробка?

— Нане она нравится, пусть еще постоит...

— Но мне она не нравится. Такое ощущение, что мы не до конца распаковали вещи. Я же купила специально для Нана кошачью кроватку и когтеточку.

Коробка — это совершенно другое, не то что ваши кроватки и когтеточки!

Так Норико привыкала к присутствию кошки в ее доме. Пугаясь и удивляясь.

— А как ему эта? — спросила Норико, притащив другую коробку, видимо, на замену старой, которую я уже успел прилично ободрать.

Норико взяла эту новую коробку и слегка усовершенствовала ее — сделала пошире и стенки пониже, а потом укрепила все это скотчем.

— Эта новее и просторнее, — сказала она. — Тут двойной слой картона, и Нана ее хватит надолго, чтобы точить когти. Давай выбросим старую? Она такая ободранная, и углы у нее все смялись.

— Гм... Нана, как тебе? — Сатору покосился на меня.

Я зевнул, широко открыв пасть. *Извините, не интересует*. Норико явно ничегошеньки не смыслит в таких вещах. Широкая коробка отбивает всякий интерес, там нет того захватывающего ощущения, что ты сидишь в коробке.

Проигнорировав творение Норико, я забрался в старую коробку. Вид у Норико был ужасно разочарованный.

Сатору со смехом наблюдал за всем этим.

— Наверное, было правильней не переделывать коробку. Когда мы решим заменить коробку, давай оставим все как есть?

— Но я так старалась.

Ну и зря потратила время! Все кошки предпочитают сами выбирать то, что им нравится, и очень редко соглашаются на то, что им подсовывают другие.

Какое-то время коробка Норико сиротливо стояла рядом со старой, но в итоге была отправлена в мусорный ящик.

Сатору начал посещать клинику почти ежедневно. Она была расположена поблизости от дома, можно было свободно дойти пешком. Сатору уходил рано утром и иногда очень надолго там задерживался. Возможно, в клинике были очереди, или же обследования и процедуры занимали много времени.

Правая рука Сатору была истыкана шприцами, черно-синие синяки уже не успевали рассасываться. Вскоре и левая рука стала выглядеть точно так же. Меня кололи раз в году, когда делали прививки, и я люто ненавидел это дело, а вот Сатору — его кололи бесконечно, я не уставал поражаться его терпению.

Но увы, сколько бы он ни ходил в эту свою клинику, запах, исходивший от него, не менялся в лучшую сторону. Он становился только сильнее и сильнее. Как говорили мне раньше те кошки и собаки, *с таким запахом он долго не протянет.*

Никакое живое существо не спасти, если у него такой запах.

Порой Норико плакала украдкой, но об этом знал только я. При Сатору она старалась держаться и никогда не показывала своих слез, ну а коты были не в счет.

Она больше не визжала, когда я терся о ее ноги, и ей вроде даже стало нравиться щекотать меня под подбородком.

Весь город замело белым снегом, а ягоды на рябинах вдоль дороги становились только алее от морозов.

— Нана, пойдем гулять!

Сатору уже совсем обессилел и, сходив с утра в клинику, мог, вернувшись, проспать до самого вечера, но он никогда не пропускал прогулки со мной.

Было холодно и скользко, но мы выходили на улицу регулярно — за исключением тех дней, когда он задерживался в клинике или мела метель.

— Нана, ты ведь первый раз в таком месте, да? Где столько снега...

Дороги были покрыты ровным слоем затвердевшего снега, от которого зябли подушечки лап. С крыш домов свисали сосульки. Сугробы по обеим сторонам улицы, насыпанные снегоуборочными машинами, были похожи на слоеные пирожные. На проводах — гирлянды нахохлившихся воробьев. В парке радостно скакали собаки, пробивая себе дорогу через глубокий снег. Городские коты забились в укромные убежища и щели, где надеялись пересидеть морозы. Было еще много всяких чудес, которые мы оба видели впервые.

Мы гуляли в парке и любовались синим морозным небом, когда к нам подошла очаровательная пожилая леди:

— Какой красивый котик! Вышли на прогулку? Как его зовут?

— Его зовут Нана. Потому что у него хвост крючком, в форме цифры семь.

Сатору неисправим. Все тот же помешанный кошатник, готовый рассказать всем и каждому о происхождении моего имени.

— Он очень разумный, идет рядом с вами.

— О да, Нана очень разумный!

Когда леди ушла, Сатору прижал меня к себе:

— Ты очень разумный и послушный, поэтому всегда веди себя хорошо! Ладно?

Веди себя хорошо? А когда это я вел себя плохо? Какое-то невежливое замечание.

ХРОНИКА ЧЕТВЕРТАЯ

Улицы сверкали веселыми огнями, и рождественская реклама была повсюду. Вечером Сатору и Норико съели пополам маленький праздничный торт, ну а мне достался кусочек тунца. Наутро у всех было уже предновогоднее настроение.

На Новый год мне дали куриную грудку, но, обнюхав ее, я закопал ее в песок. Ну, не на самом деле, конечно, поскольку песка в доме не было, просто поскреб лапой в воздухе.

— Что такое, что тебе не нравится? — озадаченно спросил Сатору.

Я всегда готов умять все, что дают, только от этой грудки как-то странно пахло.

— Тетя Норико, ты приготовила ему грудку как обычно?

— Сегодня Новый год, и я решила потратиться, купила для Нана какую-то особую местную курицу, специально откормленную. И приготовила на пару.

— А ты что-то добавляла в нее, когда готовила?

— Я побрызгала на нее сакэ, чтобы отбить запах.

Гм. Зря ты это сделала, Норико.

— Извини, но Нана не может теперь это есть, курица пахнет сакэ.

— Неужели? Да я капнула всего пару капель!

— У кошек очень острый нюх.

— Всегда считала, что нюх — это у собак. Пишут, что в шесть тысяч раз острее, чем у людей.

Норико, в общем, хорошая, но временами она чересчур много думает. Всем известно, что у собак отличный нюх, но это не значит, что коты ничего не чуют. Во всяком случае, для того, чтобы почувствовать запах сакэ на куриной грудке, вовсе не требуется обоняние, в шесть тысяч раз превосходящее человеческое.

— У кошек нюх тоже намного острей, чем у людей.

Сатору прошел на кухню и приготовил мою привычную, без всяких там выкрутасов, восхитительную куриную грудку и принес ее мне в чистой миске, забрав у меня загубленное мясо.

— А этот кусочек, с сакэ, я положу в свой праздничный одзони[1].

Норико испустила тяжелый вздох:

— Я даже представить себе не могла, что люди могут доедать кошачьи объедки, пока не познакомилась с Нана.

— Такое бывает, если в доме есть кошка. К тому же это вовсе и не объедки, Нана даже не притронулся к грудке, так что все стерильно.

Сатору положил кусочек курицы в свою тарелку с новогодним одзони.

— Что подумают люди, если узнают, что я кормлю тебя тем, от чего отказался даже кот? Пожалуйста, не рассказывай никому.

— Те, у кого есть кошки, поймут.

---

[1] *Одзони* — суп с куриным мясом, рыбой, овощами, а также омоти (рисовыми лепешками), который японцы традиционно едят в Новый год.

ХРОНИКА ЧЕТВЕРТАЯ

После этого Норико и Сатору поздравили друг друга с Новым годом и принялись за одзони.

— Нана живет у меня только три месяца, но я успела понять, что кошки — очень странные существа.

Ах вот ты как про меня думаешь! Хорошенькое поздравление с только что наступившим Новым годом! Нет, такое оскорбление я стерпеть не могу!

— И эта коробка...

Картонная коробка все еще стояла в углу гостиной. Норико мстительно заявила, что хочет выбросить коробку до наступления Нового года.

— Новая будет намного лучше...

Нет уж, извините, но это не так.

— А почему он норовит залезть в коробку, которая явно мала для него по размерам? Ведь это же видно сразу...

Врезала по больному, да?

— На днях он попытался засунуть лапу в ларец для украшений.

— Да-да, это кошачьи повадки, — радостно согласился Сатору.

— А как-то он попытался засунуть лапу в крошечную коробочку с часами!

Ну что я могу сказать? Это инстинкт, обыкновенный инстинкт. Коты всегда стараются найти себе укромное местечко, где они могут схорониться.

И когда я вдруг обнаруживаю хорошенькую квадратную коробочку, которая чуть приоткрыта, инстинкт повелевает не упускать случая. А вдруг, если я засуну туда лапу, там сработает какое-то хитрое устройство, которое позволит залезть мне туда целиком? Правда, до сего момента мне так и не повезло.

Хотя я слышал историю про одного кота, который постоянно требовал, чтобы ему открывали все двери, в надежде когда-нибудь найти за одной из них вечное лето. Этот кот живёт в другой стране[1].

— Извини, что-то больше не хочется, уже наелся.

Сатору положил палочки для еды, так и не доев одзони. На мгновение на лице Норико промелькнуло отчаяние. Она положила в миску Сатори только одну лепёшку омоти. И Сатору почти не притронулся к роскошному набору о-сэти рёри[2], который Норико купила в дорогом универмаге специально для новогоднего угощения.

— Было очень вкусно. Мама всегда клала в одзони корень таро, горох и морковь. И ты тоже. У твоей еды такой же вкус, как у маминой...

— Это потому, что блюда моей сестры напоминали мне о доме. Вкус родины.

---

[1] Имеется в виду Пит — любимый кот главного героя романа «Дверь в лето» (1956), созданного американским писателем-фантастом Робертом Хайнлайном (1907–1988).

[2] *О-сэти рёри* (букв. «сезонная кухня») — традиционная японская новогодняя еда, которая обычно сервируется в специальной коробке дзюбако и состоит из нескольких блюд, имеющих символический поздравительный смысл.

ХРОНИКА ЧЕТВЕРТАЯ

— Когда ты взяла меня к себе, я был ужасно рад, что твоя еда точно такая же, как дома. Ты готовишь так же, как мама. Я испытал огромное облегчение. Наверное, потому-то я так быстро привык к тебе.

Сатору посмотрел на Норико со светлой улыбкой.

Норико судорожно вздохнула, словно от удивления. И как-то испуганно отвела глаза и потупилась.

— Я... Я была не самым хорошим опекуном, — пробормотала она. — Наверное, тебе было бы лучше с кем-то другим...

— Я рад, что меня взяла к себе именно ты, — ответил Сатору, проигнорировав слова Норико.

Норико снова сглотнула и издала какой-то странный булькающий звук, похожий на кваканье лягушки. *Ну, кто говорил при нашей первой встрече, что я издаю неприятные звуки горлом? Теперь сама издаешь непонятно какие звуки, разве не так?*

— Но то, что я тебе сказала, прямо сразу, как только взяла тебя...

— Я бы все равно узнал об этом когда-нибудь. Ты все сделала правильно.

— Но... — Норико шмыгнула носом, не поднимая глаз. И снова сглотнула, как лягушка, издав булькающий звук, а в промежутках между бульканьем все повторяла «прости меня, прости меня»... — Я не должна была тебе этого говорить в тот момент, — хрипло добавила она.

***

Когда Норико узнала о гибели сестры и ее мужа, она ехала на похороны с твердым намерением взять Сатору к себе, хотя еще была не замужем. Она так и не успела отдать «долг» сестре. Значит, по крайней мере, должна позаботиться о Сатору. Сатору — это самое дорогое для сестры.

Родственники со стороны мужа чисто формально приняли участие в похоронах и отбыли, даже не затронув вопроса, что будет с мальчиком. Для них Сатору был совершенно чужим, посторонним ребенком. Те немногочисленные родственники, что еще оставались со стороны сестры, тоже не выказали желания взять Сатору к себе. Когда Норико заявила, что станет опекуном племянника, некоторые выразили беспокойство, мол, она не замужем и ей не следует брать на себя такое бремя. Большинство предлагало отдать Сатору в приют.

Сатору — это ребенок ее сестры и зятя. Если бы у мальчика совсем не было родственников — это одно дело. Однако, поскольку у нее, родной тети, имелись достаточные финансовые ресурсы, Норико пренебрегла бы своими прямыми обязанностями, если бы сдала ребенка в приют. Поэтому, невзирая на всеобщее сопротивление, она настояла на своем решении.

Когда прошли похороны и все вопросы с наследством были улажены, Норико сообщила Сатору, что она будет его опекуном.

ХРОНИКА ЧЕТВЕРТАЯ

— Тебе никто не говорил об этом. но когда-нибудь ты все равно узнаешь правду, поэтому я сама расскажу тебе. Сатору, твои родители — не родные тебе. Вас не связывают узы крови, — пояснила она.

Все равно когда-то он узнает. Поэтому лучше сказать сейчас. Реальность — это реальность. Так считала Норико, но, увидев лицо Сатору, тотчас же поняла, что совершила большую ошибку.

Сатору побледнел, его лицо исказилось, глаза сделались пустые.

Точно такие же глаза у него были сразу после смерти родителей. Он приблизился к стоявшим в местном муниципальном центре гробам с таким выражением, словно потерял все, что у него было в этом мире. И даже такому прямолинейному и бестактному человеку, как Норико, мгновенно стало понятно, что вот сейчас по ее вине Сатору еще раз за одно мгновение потерял все, что у него было в этой жизни.

Когда на панихиду пришел его школьный друг, Сатору расплакался в первый раз за все это время. Со временем выражение глаз у него изменилось и стало таким же, как прежде.

Осознание того, что она совершила нечто непоправимое, обожгло Норико, как огнем.

— А кто мои настоящие родители? — спросил Сатору.

— Твои настоящие родители — этой моя сестра и мой зять. А ты сейчас говоришь о тех, кто тебя родил.

Сатору не имел в виду ничего обидного, однако Норико сурово отчитала его. В груди жгло, и она была не в состоянии контролировать себя.

— Твои настоящие папа и мама — это моя сестра и ее муж, а те, кто произвел тебя на свет, — они просто дали тебе жизнь. Они были совершенно безответственными и собирались убить тебя сразу после рождения.

Это было первое большое дело, которое Норико вела как судья. Обвиняемыми были совершенные юнцы. То, что они натворили, классифицировалось не как «оставление несовершеннолетнего в опасности», а как преступное намерение избавиться от ребенка, причем настолько жестокое, что его можно было трактовать как попытку преднамеренного убийства. Эти горе-родители морили ребенка голодом до тех пор, пока он совершенно не обессилел и даже не мог кричать, затем положили его в черный полиэтиленовый пакет и отнесли в мусорный ящик как раз в тот день, когда за мусором должна была приехать машина.

Соседка увидела, что черный пакет подозрительно шевелится, и открыла его. Она окликнула удалявшуюся парочку. Они ударили ее — и навесили на себя еще одну статью. После суда их отправили в тюрьму, но было непонятно, куда девать Сатору. Все родственники от ребенка отказались. Оставался единственный выход — отправить его в приют для новорожденных младенцев.

ХРОНИКА ЧЕТВЕРТАЯ

Это было какое-то бесконечное, безысходное дело. Норико смогла добиться вынесения сурового приговора юнцам, совершившим это жуткое злодеяние, но ничего не смогла сделать для облегчения участи невинного дитя. Именно сестра помогла Норико справиться с этим испытанием. Дело было очень громкое, и она следила за событиями с самого начала. «Прежде чем жениться, люди должны проходить проверку и получать разрешение! — возмущалась Норико. — Если бы все родители были такими, как ты, сестрица, и твой муж, то такие преступления были бы немыслимы!»

Произнеся эту фразу, Норико вдруг почувствовала, как по спине у нее поползли струйки холодного пота. После свадьбы сестры выяснилось, что та бесплодна. Родня мужа была вне себя от досады, нападки с их стороны больно ранили сестру, и в итоге муж отдалился от своей семьи, что, в общем, не принесло успокоения и не облегчило страданий.

Вскоре после этого сестра объявила Норико, что они с мужем хотят усыновить малыша. Это произошло как раз перед самой отправкой Сатору в приют.

— Ты сказала, что из нас получатся хорошие родители. Вот мы и решились, — со смехом сказала сестра. — Мы уже давно подумывали о том, чтобы взять приемного ребенка. Ты только немного ускорила процесс. И уж если брать кого-то, пусть он хотя бы будет связан с тобой. Ведь это ты вела дело.

Норико не нашлась что ответить.

— Но ведь семья твоего мужа молчать не будет. Он-то что говорит по этому поводу? — осторожно спросила Норико.

— Если муж не позволит, они не полезут. Он тоже сказал, что раз уж все так получилось, то хорошо, что ребенок будет вроде как «от тебя». — Сестра сухо рассмеялась. — Родственники и так бесконечно мучают вопросами, почему у нас нет детей, поэтому как захотим, так и сделаем...

— Родители по крови только дали тебе жизнь, Сатору. А твоими истинными отцом и матерью стали моя сестра с мужем. Поэтому я считаю своим долгом забрать тебя к себе, — еще раз повторила Норико. — Сатору, не нужно ни о чем беспокоиться! — Норико попыталась яснее выразить свою мысль, чтобы успокоить Сатору, однако от этого вылетевшее у нее слово «долг» стало еще жестче и казенней.

Сто раз правы ее родственники, которые постоянно твердили, что Норико следует думать, прежде чем говорить. И с Сатору она все сделала неправильно, с самого начала. Она рассказала ему то, что никогда не должна была говорить. «Вот поэтому ты и не можешь выйти замуж!» — подытожили родственники. И тут они тоже были совершенно правы. Когда Норико взяла к себе Сатору, у нее, вообще-то, был кавалер, но после этого они расстались. Ее ухажер был обижен тем, что она не посоветовалась с ним. В ответ на его упреки Норико отрезала,

ХРОНИКА ЧЕТВЕРТАЯ

что Сатору — это ее племянник, а раз так, никакой необходимости советоваться нет. В этот момент лицо кавалера сделалось чужим и непроницаемым, и Норико поняла, что это конец отношениям. Видимо, и на сей раз она проявила чудовищную бестактность.

Для Норико всегда было проще иметь дело с законами, нежели пытаться постичь движения души собеседника.

Взять хотя бы кота Сатору, которого она отдала дальнему родственнику. Настолько дальнему, что Норико даже не воспринимала его как родственника. Однако при расставании этот человек взъерошил Сатору волосы и сказал: «Не беспокойся. У нас в семье все любят кошек, и мы будем очень заботиться о твоем коте!»

Сатору посмотрел на него сияющими глазами и кивнул. Ни разу со дня трагедии он не смотрел на Норико такими глазами.

Время от времени Сатору даже присылали фотографии кота. Но потом письма стали приходить все реже и реже, тем не менее на новогодней открытке непременно была напечатана фотография Хати и короткая приписка гласила: «Хати чувствует себя отлично!» Эти люди даже сочли необходимым уведомить Сатору, когда Хати попал под машину, и очень тепло приняли Сатору, когда тот приехал навестить могилу кота.

Возможно, Сатору было бы много лучше с той семьей... Даже сейчас эта мысль посещала Норико. Все прочие родственники всячески пытались увильнуть от воспитания чужого по крови ребенка, а эти сразу сказали: «Мы бы с радостью. Только с деньгами у нас туговато». У них и так было четверо своих — по нынешним временам это много. «Поймите нас, все упирается в деньги...» — смущенно улыбнулись они. Возможно, они и взяли бы Сатору, если бы Норико посылала им деньги. Но она забрала Сатору к себе! А может быть, это был чистой воды эгоизм и Норико просто не желала отдавать то единственное, что осталось у нее от сестры?

Она очень долго размышляла о той истории...

В итоге Норико разрыдалась:

— Сатору... Мне иногда кажется, что тебе было бы лучше у родни из Кокуры...

— Почему? — удивленного моргнул Сатору. — Дядя хороший человек, но я рад, что это ты взяла меня к себе, тетя Норико.

— Почему? — Теперь уже удивилась Норико.

— Потому что ты — мамина младшая сестра... и только ты могла рассказать мне столько о папе и маме.

— Да, но я рассказала тебе *ту* историю! Ужасно... сразу после их гибели, я...

— Признаюсь, это было больно слушать, — не дал ей закончить Сатору, — но именно благодаря тебе я так рано понял, как мне повезло в жизни.

Норико озадаченно уставилась на него. Сатору рассмеялся:

— Пока ты не рассказала мне *это*, я даже подумать не мог, что они не родные мне, ни на секунду! Они тряслись надо мной, как над собственным малышом! Мои настоящие родители избавились от меня, не захотели... но мама и папа подарили мне такую любовь... что... нет, не могу выразить это словами. Такого просто не бывает... Я настоящий счастливчик, говорю же тебе!

Последнюю фразу Сатору повторил несколько раз, глядя на *меня* с улыбкой. Лицо его при этом буквально светилось.

* * *

Ну, я-то хорошо его понимал... Я и сам готов был прыгать от счастья, когда Сатору взял меня с улицы и я стал *его* котом. *Его собственным* котом.

Все бродячие коты тоже были кем-то когда-то брошены, ясное дело. Сатору спас меня от гибели, когда машина перебила мне лапу. Можно назвать это чудом... А уж то, что он взял меня в дом... Точно, я — самый счастливый кот на свете! Даже если Сатору вдруг расхочет жить со мной, это ничего не изменит. Ровным счетом ничего! Потому что у меня есть те пять лет, что мы прожили вместе... Когда я носил имя Нана.

Без Сатору я не узнал бы, что такое счастье. Даже если Сатору умрет раньше меня, это лучше, чем совсем не встретиться с ним. Я всегда, до конца своих дней буду помнить пять лет рядом с Сатору... И всегда буду носить имя Нана, хотя оно, скажу откровенно, не очень-то подходит для мужественного кота!

Я буду помнить город, где вырос Сатору.

И поля, где шелестят зеленые колосья.

И грозно ревущее море.

И Фудзи, нависающую темной громадой.

И старомодный, похожий на ящик телевизор, на котором так приятно лежать.

И милую пожилую кошечку Момо.

И дерзкого пса Торамару, полосатого, словно тигр.

И огромный белый паром, набивающий брюхо машинами.

И виляющих хвостом собак в каюте для животных.

И эту вредную кошку-шиншиллу, пожелавшую мне «Good luck!».

Бескрайние просторы Хоккайдо.

Желто-лиловые цветы, буйно растущие на обочине дороги.

Безбрежную равнину колышущегося сусуки, похожую на волнующееся море.

Лошадей, щиплющих траву.

Алые гроздья рябины.

И все оттенки красного — их показал мне Сатору.

Свечи тонких белых берез.

Кладбище, открытое всем ветрам.

Букет разноцветных, как радуга, цветов на могиле.

Белый зад оленя с рисунком в форме сердечка.

ХРОНИКА ЧЕТВЕРТАЯ

И огромную двойную радугу, вырастающую из земли, словно арка.

И Коскэ, и Ёсиминэ, и Суги с Тикако... Я буду помнить их всех. Но больше прочих — Норико, которая вырастила Сатору. Благодаря ей пересеклись наши пути.

Я буду помнить всех, кто был рядом с Сатору.

Разве может быть счастье огромней?!

— У меня была такая работа, что приходилось переезжать с места на место. Я испортила тебе детство... Как только ты заводил друзей, я разлучала тебя с ними.

— Зато появлялись другие — там, куда мы переезжали. Да, мне было грустно прощаться с Коскэ, но в средней школе я познакомился с Ёсиминэ, а в старших классах сдружился с Суги и Тикако. Когда я привозил к ним Нана, поначалу все как-то не клеилось, но потом каждый из них соглашался взять его к себе. Столько людей захотели принять моего обожаемого кота... потрясающе! — Сатору сжал ладонь Норико обеими руками. — Но никто из них не понравился моему Нана, и тогда его приняла ты, тетушка.

Норико сидела, опустив глаза.

— И потом... ведь это ты нашла мне маму и папу, а потом и сама взяла меня к себе, и мы до сих пор вспоминаем о них. Ну разве я не счастливчик? А потому... Норико, не нужно плакать! Лучше улыбайся до самого конца. Так мне будет легче.

* * *

Сатору стал часто подолгу задерживаться в больнице.

— Вернусь через несколько дней. — Сатору гладит меня по голове, подхватывает сумку и уходит.

Периоды его пребывания в больнице становились все длиннее и длиннее. Скажет: «Вернусь дня через три-четыре», а явится через неделю. Скажет: «Вернусь через неделю», а придет через полторы. Одежда, в которой он приехал из Токио, стала ему велика. Все висело на нем мешком, брюки в талии стали настолько свободны, что под ремень можно было засунуть два кулака. Теперь даже дома он ходил в шерстяной шапке. Непонятно почему, но худело не только его тело, волосы Сатору тоже теряли объем, истончались, и однажды я увидел его совершенно лысым, точнее, бритым наголо. Я подумал, что его обрили в больнице, но нет, похоже, он сам вдруг решил пойти в парикмахерскую и обрить себе голову.

Однажды, собираясь в больницу, он положил в сумку фотографию, которая всегда стояла у него в изголовье. На фотографии были мы — я и Сатору. Снимок, сделанный во время одного из наших путешествий. Сатору всегда, еще с Токио, ставил его у кровати.

И тут меня словно током ударило! Я поскреб когтями по переноске, стоявшей в углу комнаты, и мяукнул. *Эй, хозяин, может, и меня захватишь?*

Сатору защелкнул застежку на саквояже с вещами и со смущенной улыбкой посмотрел на меня:

— Эге, Нана... Ты, никак, со мной собрался, а?

Он открыл переноску и, как только я влетел в нее, тут же захлопнул дверцу. И вдруг — повернул переноску дверцей к стене.

Эй! Как же я теперь выберусь наружу? Хозяин, что за дурацкие шуточки?

— Нана, ты же разумный кот! Будь хорошим мальчиком, ладно?

— *Мяу!*

Я яростно царапал стенки переноски, пытаясь выдраться. *Сатору, что за бред ты несешь?*

Сатору подхватил саквояж и встал. Открыл дверь. Он уходит — без меня!!!

Стой, стой, ты куда? Подожди!

Я бился о стенки переноски, драл ее когтями и выл. Шерсть у меня стояла дыбом.

— Ты же можешь вести себя хорошо...

«Вести себя хорошо»?!! Что за чушь собачья? Я не разрешаю тебе уходить без меня, слышишь?

— Веди себя хорошо, дурачок!

Дурачок??? Кто из нас еще дурачок? Вернись! Сию же минуту вернись!!! Возьми меня с собо-о-ой!!!

— Нет, я не хочу расставаться с тобой ТАК! Я люблю тебя, мой глупый кот!

Я тоже люблю тебя, дуралей чертов...

Сатору саданул дверью, словно стряхивая с себя мои вопли, — и ушел.

ВЕРНИСЬ! ВЕРНИСЬ!! ВЕРНИ-И-ИСЬ!!!
Я твой кот — до последнего вздоха!

Я орал что было мочи, но дверь оставалась закрытой... Я орал, выл, рыдал до тех пор, пока не сорвал себе голос.

Не знаю, сколько времени прошло. Когда в комнате стало совсем темно, дверь тихонько отворилась. Норико. Она отодвинула переноску от стенки и открыла дверцу. О-о-о, если бы это вернулся Сатору, я бы пулей вылетел наружу! Но я угрюмо забился в угол. В переноску боязливо просунулась тонкая рука. Норико дотронулась до моей головы, почесала за ухом, легонько пощекотала шею. Зубы были в опасной близости, но я больше не чувствовал в ней этого оскорбительного страха, что я могу укусить. Для человека, почти не имевшего дела с кошками, она держалась очень недурно.

— Сатору просил о тебе позаботиться... Ведь ты его любимый кот...

Это ясно и так. Я знаю, что Сатору обожает меня.

— Я тебе поесть принесла. И куриной грудки покрошила... Сатору просил побаловать тебя сегодня.

Если Сатору думает, что за это я спущу ему то, как он безобразно со мной поступил, он сильно ошибается! Он меня бросил!

— Палата у Сатору маленькая, но отдельная, очень уютная, совсем не похоже на больницу. И сестры все такие добрые... Сатору сказал, что хочет провести последние дни в покое. Ему посоветовали эту больницу.

ХРОНИКА ЧЕТВЕРТАЯ

Норико погладила меня, и голос у нее задрожал.

— Сатору просил передать тебе, чтобы ты не беспокоился, Нана.

«Не беспокоился»! Но ведь там нет меня, и ему ох как худо.

— Он, как вошел в палату, первым делом достал фотографию, ну, где вы с ним вдвоем, и поставил у изголовья, совсем как дома. Все хорошо, так он сказал.

Чушь. Что лучше — какая-то фотография или настоящий живой кот? Ответ очевиден. Теплый кот с бархатной шерсткой... лучше бы я был с ним рядом, ясно как день.

Я легонько лизнул руку Норико. Поначалу ей это не нравилось, она говорила, что у меня язык как наждак.

Ладно, Норико плачет, значит отложим обед на потом. Говорит, и куриной грудки нарезала... Раз уж она так старалась, не буду ее обижать, поем. Заедим проблемы куриной грудкой.

После отъезда Сатору я в основном сидел в его комнате — не считая вылазок на кухню, поесть, или в туалет, сделать свои дела. Всякий раз, когда открывалась входная дверь, я опрометью летел в прихожую, но увы! — это всегда была Норико. Тогда я плелся обратно к себе — в комнату Сатору, свесив хвост. Мне нисколько не было стыдно, пусть висит, раз я не вижу Сатору. Это нормально, ведь я тоскую.

Норико время от времени пыталась выманить меня на прогулку, видимо, об этом ее попросил Сатору. Но без Сатору я не видел особого смысла морозить лапы, таскаясь по засыпанному белым-пребелым холодным снегом городу. Все-таки до Сатору не доходит простая истина. Он совершенно не понимает, насколько он важен для меня...

Каждый день я сидел у окна. Бесконечная дорога за окном уводила вдаль — туда, где лежал в своей палате Сатору. *Эй, Сатору! Как ты там?*

...Сегодня у нас ужасная вьюга. Все за окном заволокло белой пеленой, не видно даже уличных фонарей. *Сатору, а у тебя там тоже такое творится?*

...А сегодня солнечно. Небо высокое, ни облачка. Но от этой прозрачной синевы так и веет стужей.

...Сегодня нахохлившиеся воробьи, облепившие провода, совсем раздулись, стали похожи на круглые шарики. Снега нет, облака какие-то прозрачные, похоже, на улице лютый мороз.

...По дороге проехала красная машина. Она такого же цвета, как те ягоды в горах, ну, помнишь, рябина? Ты мне показывал... Хотя у рябины другой оттенок, такой глубины, что дух захватывает. У людей хорошо получаются цвета, но все же они не могут передать природную силу красок.

Однажды в комнату вошла Норико:
— Нана, поедем проведать Сатору?
Что ты сказала? Повтори еще раз!

ХРОНИКА ЧЕТВЕРТАЯ

— Сатору очень плохо без тебя. Вот я и пошла попросила... Доктор сказал, что тебе нельзя в палату, но вы можете увидеться, когда Сатору будет гулять в саду.

Браво, Норико!

Я буквально запрыгнул в переноску, которую приготовила Норико. Мы подъехали к клинике на нашем серебристом фургоне. Норико постоянно ездила на нем с тех пор, как Сатору лег в клинику, а вот я не видел машину с того самого последнего путешествия. Мы ехали минут двадцать. Выходит, Сатору был так близко от меня?

Если бы я ехал с Сатору, я бы мигом открыл дверцу переноски и выбрался наружу, но я был с Норико, поэтому сидел смирно, как благоразумный кот. Норико не привыкла смотреть на мир глазами котов и поставила переноску на пол, у заднего сиденья, поэтому мне была видна в полумраке лишь обивка машины.

— Сиди тихо. И жди, а я пойду поищу Сатору.

Норико вышла из машины.

Разумеется, я сидел и ждал, как благовоспитанный кот.

«Веди себя хорошо. Ну ты же разумный кот!» — На прощание Сатору несколько раз повторил мне это.

Ну разумеется. Я могу быть разумным, послушным котом. Потом что я очень умный кот и хорошо понимаю, как надо вести себя в нужный момент.

Наконец вернулась Норико и вытащила переноску из машины.

Клиника была тихой обителью, расположенной в спокойном жилом квартале. За парковкой виднелась заснеженная пустошь. На ветвях деревьев и на скамейках лежали пушистые шапки снега. Мне представились спящие под снегом травы и цветы. На пристроенной к зданию крытой террасе стояли стулья и столы. Наверное, здесь пациенты дышат воздухом в ненастные дни. И вдруг...

На террасе в инвалидном кресле я увидел Сатору!

Я едва сдержался, чтоб не вышибить дверцу и не прыгнуть к нему, но переноска была в руках у Норико, и я дождался, пока она сама выпустит меня.

— Нана!

Несмотря на то что на Сатору был дутый пуховик, я заметил, что он стал еще худее и бледнее со дня расставания. И вдруг на этом мертвенно-бледном лице появился легкий румянец. Я не настолько самонадеян, чтобы утверждать, что это из-за меня к бледным щекам Сатору прилила горячая алая кровь, но... а что скажете вы?

— Как славно, что ты здесь!

Сатору привстал с кресла. Было видно, что ему, как и мне, невыносимо разделявшее нас расстояние. Как мне хотелось вышибить дверцу и прыгнуть к нему! Однако Норико пока не знает, на что я способен, поэтому терпение! Терпение.

Наконец Норико доплелась до Сатору. Одним скачком я вылетел из открывшейся дверцы и прыгнул на колени к Сатору.

Сатору молча стиснул меня, прижав к себе. Я мурчал и мурчал и терся лбом о его грудь, пока не осип.

Мы неразрывно связаны друг с другом... как мы можем жить врозь, нет, как вы вообще себе это представляете?

Я был готов вечно лежать в его объятиях, но скоро пронизывающий до костей холод дал о себе знать, а для Сатору в его состоянии это было губительно.

— Сатору... — смущенно окликнула его Норико.

Сатору понял, что она хотела сказать, но не мог оторваться от меня.

— Я поставил наше фото рядом с кроватью.
Знаю. Норико мне говорила.

— Поэтому мне не так одиноко.
Вранье! Настолько очевидная ложь, что Эмма[1], властелин ада, вырывающий языки у лжецов, даже не потрудился бы сделать это. Он бы просто расхохотался.

— Будь здоров, Нана!

Сатору еще раз так сильно стиснул меня, что у меня чуть кишки не вылезли, и наконец

---
[1] В японской мифологии бог-властитель и судья мертвых, который правит подземным адом — Дзигоку. То же, что Яма в общебуддийской мифологии.

разжал руки. Под надзором Норико я забрался в переноску. Хороший кот.

— Подожди меня, я только отнесу Нана в машину и вернусь.

Норико отнесла переноску к машине и поставила ее на заднее сиденье, а сама вернулась к Сатору.

Вот он, долгожданный момент! Лапой я открыл задвижку дверцы и вжался в переднее сиденье машины в ожидании Норико.

Она появилась где-то через час. В воздухе кружились мелкие, как пыль, снежинки, и Норико брела, зябко вздернув плечи. Передняя дверь с лязганьем отворилась. Вперед!!!

Я выскользнул из-под сиденья и метнулся прочь от машины.

— Нана?! Куда?

Норико попыталась схватить меня, но, когда дело доходит до погони, двуногим с нами даже не стоит тягаться.

Легко увернувшись от Норико, я выскочил на парковку.

— Куда! Нельзя, вернись сейчас же! Иди сюда!

Голос Норико сорвался на визг.

Прости, Норико. Я не буду слушать тебя.

Потому что я мудрый кот, который знает, что и когда ему делать. Но разок я все же остановился и оглянулся на нее, гордо задрав хвост.

Пока, Норико! Bye-bye!

Мяукнув ей на прощание, я помчался, уже не оглядываясь, вперед, в заснеженную даль.

ХРОНИКА ЧЕТВЕРТАЯ

* * *

Ну так вот... Даже для такого крутого и гордого бродяги, как я, зимы на Хоккайдо чересчур жестокие.

Снег, который сыплется с неба в Токио, не достоин называться таким же словом, что и снег, который несут здешние метели, — он сыплется так, что ты не видишь ровно ничего перед собственным носом. Вот когда мне пригодился опыт наших здешних прогулок с Сатору.

Местные коты, с которыми мне довелось познакомиться, были непревзойдёнными виртуозами по поиску разных щелей и укрытий, где можно пересидеть холода. Несколько героических котов умудрялись выживать в окрестностях больницы. Ну, поскольку я всегда был готов вернуться к вольному образу жизни, то быстро приспособился и начал преодолевать жизненные тяготы, а чем я, собственно, хуже?

Не удаляясь по возможности от больницы, я нашёл несколько удобных местечек, где можно было перетерпеть морозы. Больничное здание оказалось довольно большим, и там обнаружилась уйма уютных щелей и дыр, куда без труда может пролезть кот, — например, в гараже или в стенах складских помещений. Подполы в жилых домах, а также подвалы под бойлерными тоже были замечательными убежищами.

Иногда меня опережали другие коты, занимая укрытия, которые я было наметил для себя, но, вероятно, здешний суровый климат способствует формированию чувства товарищества, поэтому по большей части мы не дрались, а мирно делили кров.

Говорят, что жители Хоккайдо очень добры, а Норико как-то рассказывала Сатору, что здесь в порядке вещей пускать к себе в дом подвыпивших гуляк или заплутавших путников на ночлег. Ведь иначе бедняги замерзнут до смерти... И это совсем не шутка. Видимо, тот же принцип справедлив и для здешнего кошачьего мира.

Местные коты также показали мне места, где можно разжиться жратвой. Например, есть дома и всякие ресторанчики, где котам регулярно выносят вкуснейшие объедки, а также парки, где совершающие променад кошатницы всегда готовы покормить нас. Около больницы было несколько супермаркетов, так что я пускал в ход свое природное очарование и взимал дань разными вкусняшками.

Ну и само собой, я охотился. Распушившиеся от мороза мелкие птички и мыши утратили прыть и становились легкой добычей. Местные коты считали меня несколько чокнутым — ну где это видано, променять домашнюю жизнь, когда тебя кормят и холят, на бродячее существование?

— *Зачем тебе это?* — часто спрашивали они. — *Отказаться от такой лафы!*

И точно, чокнутый, — думали они.

ХРОНИКА ЧЕТВЕРТАЯ

Но есть вещи поважнее, чем сытая жизнь в тепле.

Снегопад прекратился. До вечера еще далеко. Я прокрался через больничные ворота к складскому зданию и затаился за ним — оттуда был хороший обзор больницы. И — ура! Вот оно, все как я и задумал. Из дверей больничного корпуса выезжал на инвалидной коляске Сатору.

Он улыбнулся мне сквозь слезы.

— Ну, хватит, давай-ка возвращайся домой, — сказал он.

А ты знаешь, что я сделаю с тобой, если ты попытаешься изловить меня? А? Я исполосую всю твою физиономию — в мелкую клеточку.

Сатору понял, что я настороже, и улыбнулся:

— Ладно, ладно!

Видимо, после того, как я сбежал от Норико, они запаниковали. У Сатору от волнения, говорят, поднялась температура. Норико искала меня на улицах целыми днями, но я не такой дурак, чтобы даться в руки этой неумехе.

Прошло несколько дней. И снова я пришел и появился на террасе прямо перед Сатору, уныло сидящим в своем кресле. Боги, как он удивился! У него просто челюсть отвисла, и он стал похож на Дональда Дака.

Ну что? Говорил же тебе, что буду рядом с тобой до последней минуты?

Сатору попытался схватить меня, сидя в кресле. Нет, это у тебя не пройдет! Я затрепыхался, как только что пойманная рыбина, и выскользнул из рук Сатору.

Потом отошел на безопасное расстояние и посмотрел оттуда на Сатору. Лицо у него было как у маленького мальчика, который вот-вот расплачется.

— Нана, ты дурак, — простонал Сатору с перекошенным лицом.

Ничего себе, поприветствовал!

Сатору, я твой кот. Твой единственный кот. А ты — мой единственный друг.

Я храню свою честь и никогда не брошу друга. Если мне приходится быть бродячим котом — во имя того, чтобы остаться с единственным другом до последней его минуты, — значит так надо, меня это нисколечко не смущает.

Когда Норико узнала новости от Сатору, она долго возмущенно фыркала. А потом привезла преогромную клетку — даже не представляю, где она ее достала. Что-то типа капкана. В такие клетки заманивают зверей. Она поставила этот «капкан» в гараже и уехала. Можно подумать, что я совсем идиот, чтобы попасться в эдакое устройство!

С этого момента больничный персонал тоже превратился в моих врагов. Вероятно, их попросили Сатору и Норико. Они на все лады звали меня сладкими голосами, пытаясь приманить.

Но поскольку я появлялся на террасе, только когда вывозили Сатору, а потом исчезал, до всех наконец, похоже, дошло, зачем я здесь. Норико увезла свою чудовищную клетку обратно. Персонал прекратил подзывать меня сладкими голосами, и вообще все перестали обращать внимание на бродячего кота.

Так я стал «приходящим» котом Сатору.

Когда не было снегопада, Сатору вывозили на террасу, совсем ненадолго, и эти считаные драгоценные минуты мы проводили вместе. Я хрустел сухим кормом и ел куриную грудку, которую он припасал для меня. Потом сворачивался на коленях у Сатору калачиком, он чесал мне за ушками и под подбородком, а я мурлыкал. Все было так, как тогда, когда мы впервые встретились с ним.

А знаешь, Сатору, ты мне понравился еще до того, как я стал твоим котом. Я счастлив, что встретил тебя. А сейчас я люблю тебя еще больше. Я получил от тебя имя Нана, ты подарил мне пять лет жизни с тобой, и я люблю тебя в сотни, в тысячи раз сильнее, чем прежде! Я так счастлив, что теперь могу свободно приходить к тебе!

— Господин Мияваки, — окликнула Сатору медсестра.

Она была примерно одного возраста с Норико, только намного плотнее.

— Извините, я скоро.

Сатору крепко прижал меня к груди. Он делал так всегда, когда мы расставались. Сегодня, похоже, в последний раз. Это ощущение передалось мне через его руки.

— До свидания, bye-bye, до завтра, обязательно увидимся здесь же...

Я облизал руки Сатору, вылизал каждый палец, каждый суставчик и спрыгнул с его колен.

Кстати, с тех пор как я стал «приходящим» котом, мои кошачьи товарищи тоже не остались внакладе.

Персонал больницы, да и посетители тоже украдкой оставляли на территории больницы гостинцы для меня. Каждый думал, что он один такой щедрый, и в итоге еды набиралось — ешь не хочу.

Сам я столько съесть не мог, так что теперь имел возможность отплатить добром тем котам, что поддержали меня в самом начале.

Мело несколько дней кряду. Наконец все утихло, и я пробрался к складу, откуда был хорошо виден главный вход в больницу.

Денек выдался погожий — в первый раз за все это время, — но Сатору на террасе не появлялся. Солнце уже начинало садиться, когда подъехала в серебристом фургончике Норико. Она было страшно бледна.

Я подбежал к ней, но она, бросив мне: «Прости, Нана, тебе придется подождать» — торопливо вошла в дверь.

ХРОНИКА ЧЕТВЕРТАЯ

* * *

За время метели самочувствие Сатору резко ухудшилось.

Ну а у Норико состояние было такое, будто в желудке лежит тяжелый свинцовый шарик. Мело несколько дней, и теперь, когда метель утихла, везде выросли огромные сугробы.

Сатору не приходил в сознание. На рассвете Норико поехала домой, прибрала разбросанные в беспорядке вещи и попробовала поспать. Прилегла на разложенный наспех диван и забылась неглубоким сном.

Ближе к вечеру раздался звонок из больницы.

«Ваш племенник при смерти. Немедленно приезжайте!»

Когда Норико подъехала к больнице, откуда-то выскочил Нана.

— Прости, Нана, тебе придется подождать.

Голодный, наверное, пока мела метель, не ел ничего. Но заниматься котом у Норико сейчас не было возможности.

В палате, как и всегда, Норико оставалось только наблюдать за действиями врачей. На дисплее электрокардиографа, подсоединенного к Сатору, волны сердечного ритма становились все слабее и площе. Через просветы между фигурами столпившихся у постели медиков Норико плохо было видно лежавшего Сатору.

Норико попыталась протиснуться между ними, и медсестра задела бедром прикроватную тумбочку, на которой стояли в рамочках две фотографии — одна с Норико, а другая с Наной, — и они упали на пол. Чтобы никто не наступил ненароком, сестра торопливо подняла их и вернула на место. Фото с Норико висело обычно в гостиной, а фотографию с Наной Сатору ставил у изголовья у себя в спальне.

И тут с улицы послышался истошный кошачий вой. Потом еще раз. И еще. И еще.

— Можно... — начала Норико. Как всегда, слова у нее опережали мысль. И она произнесла то, что в нормальном состоянии никогда бы не посмела сказать. — Можно, я принесу сюда кота? Кота Сатору?

Ляпнуть такую несуразицу!..

— Я умоляю, разрешите принести кота!

— Что вы нас спрашиваете? — сердито отозвалась старшая медсестра. — Если вы будете просить, то мы будем вынуждены сказать «нет».

Норико опрометью выскочила из палаты. И помчалась к выходу, не обращая внимания на табличку «По коридорам не бегать!». Сбежала по лестнице, несолидно перепрыгивая сразу через две ступеньки. Распахнула наружную дверь:

— Нана! На-а-на-а-а! Сюда!!!

Нана вылетел откуда-то из темноты, как белый пушистый шарик. Он вскочил на руки к Норико и вцепился в нее.

Норико ворвалась в палату:

ХРОНИКА ЧЕТВЕРТАЯ

— Сатору!

Врачи уже заканчивали свою работу.

Норико протолкнулась к постели Сатору:

— Сатору, вот Нана!

Закрытые веки Сатору слегка дрогнули. Потом с трудом приоткрылись, словно борясь с земным притяжением. Он посмотрел на Нана, потом на Норико — и снова на Нана.

Норико будто огнем обожгло изнутри. Она схватила руку Сатору и положила ее на голову Нана.

Губы Сатору слегка шевельнулись. Голоса не было, но Норико явственно услышала «благодарю...».

Волна на мониторе электрокардиографа вытянулась в тонкую прямую ниточку.

Нана несколько раз потерся лбом о безжизненную уже руку Сатору.

— Умер, — констатировал врач.

— Извините, но здесь нельзя находиться с кошками, — добавила старшая медсестра. — Прошу вас, вынесите кошку на улицу, поскорее.

Неожиданно гнетущая атмосфера слегка разрядилась. Лица смягчились, некоторые медсестры заулыбались.

А потом, словно внезапно открылись шлюзы и хлынул поток, Норико зарыдала в голос. Она не рыдала так с далекого-далекого детства.

На похоронах сестры она так не плакала, потому что отчаянно думала, что делать с Сатору.

Медсестры отключили аппаратуру от Сатору и увезли ее.

— Пожалуйста, унесите кота поскорее, — напомнила старшая медсестра, покидая палату.

И тут Норико вдруг почувствовала, как шершавый язычок лижет ее руки. Нежно, очень осторожно, бережно.

— Давай заберем Сатору с собой, Нана?

Нана снова лизнул ее руку, словно в ответ.

— Я могу верить, что Сатору был счастлив, Нана?

Нана потерся лбом о руку Норико и снова принялся нежно, очень нежно лизать ее пальцы.

ПОСЛЕДНЯЯ ХРОНИКА

Цветы, лиловые и желтые, — до самого горизонта.

Это оттенки ранней осени на Хоккайдо. Теплые и яркие.

Я здесь, на поле, охочусь за пчелой.

«Перестань, Нана!»

Голос взволнованный. Сатору хватает меня обеими руками, стискивает и несет куда-то.

«Она может тебя ужалить!»

Сатору с улыбкой пеняет мне.

О, привет, давно не виделись! Хорошо выглядишь.

Я трусь мордой о его руки.

«Твоими молитвами... Ну а ты как, Нана?»

Я тоже хорошо — спасибо тебе.

После того как Сатору отправился в свое последнее странствие, он всегда приходит ко мне в одно и то же место — на это поле. Огромное, без конца и края поле, буйно заросшее цветами. То самое поле, что мы видели вместе в нашей последней поездке.

Не знаю, сколько здешних зим я еще смогу пережить...

Что ж, годы берут свое...

Не говори так. Ты-то покинул сей мир, когда был намного моложе меня, имей совесть!

Еще неярко светит мягкое солнце, но в воздухе уже кружат мелкие снежинки. Недолговечные, как в далеком детстве... Да... опять приближается зима.

Скоро я завершу свой рассказ.

На похоронах присутствовали только Норико и родственники по материнской линии, поэтому похороны прошли тихо и скромно. Все друзья и знакомые Сатору жили не в Саппоро. Кстати, я ждал дома. Мне не особо интересны детали погребальной церемонии.

Сатору отправился в последнее странствие. Я лично убедился в этом в больнице. Однако он остался в моем сердце. Чтобы осознать это, не обязательно присутствовать на человеческих похоронах.

Сатору оставил список друзей и тех, кто помогал ему чем-то когда-то, с просьбой сообщить им о его кончине и передать прощальный привет и благодарность. Что Норико и исполнила скрупулезнейшим образом.

Я был поражен, сколько писем и телеграмм с соболезнованиями пришло после этого. Не только от друзей, но и от коллег, от начальников фирм, где трудился Сатору, от бывших школьных учителей; даже те люди, которым Норико не писала лично, узнав о случившемся, связались с ней и выразили соболезнования.

Норико замучилась отвечать на все послания. Почти каждый день она писала благодарственные открытки. Но я думаю, это было даже хорошо для нее, погрузиться в хлопоты сразу после смерти Сатору. Я очень боялся, что она впадет в депрессию. «Норико может постареть сразу лет на десять, — говорил мне Сатору в больнице. — Ты уж, пожалуйста, будь с ней рядом!»

Норико действительно постарела, хотя не на десять, а на пару лет максимум. Она ведь и так уже была немолода (примерно одного возраста с кошечкой Момо, что жила в семье Суги), поэтому пара лет ничего не прибавила и не убавила. Ох, если бы Норико с Момо слышали меня, вот бы взбеленились!..

— Сколько хороших и добрых людей любили Сатору. Верно, Нана?

Выражая свои соболезнования, люди также просили воскурить на могиле Сатору благовония от их имени. Кроме того, было несколько человек, которым Сатору оставил письма, написанные от руки. Я знал этих людей.

Все они жили очень далеко, и Норико стеснялась доставлять им лишнее беспокойство, но они очень хотели приехать, и Норико назначила для всех один и тот же день.

На Хонсю сакура уже была в полном цвету, и волна цветения продвигалась все дальше и дальше на север. Но для Хоккайдо было еще рановато, у нас тут пока даже кое-где лежал снег, в тенистых местах, куда не достигали солнечные лучи.

Несколько дней было пасмурно, однако в тот день небо прояснилось и выглянуло солнышко. Как будто сам Сатору приветствовал гостей.

Наконец к нам с Норико (в квартиру, где мы жили) приехали дорогие гости: Коскэ, Ёсиминэ и Суги с женой Тикако.

Все были в черном, очень молчаливы, губы плотно сжаты. Норико первая сложила руки у домашнего алтаря.

— Сатору, к тебе приехали все твои друзья! — сказала она и подвела к алтарю остальных.

Они по очереди зажгли курительные палочки — сначала Коскэ, потом Ёсимиэ, потом Суги и Тикако. Коскэ очень долго стоял у алтаря, стиснув зубы, со сложенными руками. Ёсиминэ просто коротко поклонился. У Суги был растерянный вид, он кусал губы, а Тикако тихонько смахнула со щеки недозволенную слезу. Все это заметили, но сделали вид, что не видели.

— Для поминок я заказала суси и сейчас сделаю суп, прошу немного обождать, — бодро сказала Норико.

Гости стали отнекиваться, мол, не стоит беспокоиться.

— Просим простить за причиненное беспокойство, — сказал Коскэ, остальные дружно поддержали его, пробормотав извинения каждый на свой лад и склонив голову.

— Не волнуйтесь, не надо! Для меня счастье — принимать здесь друзей Сатору.

— Позвольте помочь? — привстала Тикако.

Однако Норико жестом велела ей сесть:

— Не стоит. Я не очень люблю, когда на кухне находится кто-то, кроме меня.

Как обычно, Норико не имела в виду ничего обидного, однако Тикако слегка опешила. Если бы здесь был Сатору, он бы печально улыбнулся и сказал: «Извини, Тикако, Норико не хотела тебя обидеть». Но все внимание Норико было сконцентрировано на плите, поэтому она ничего не заметила. И хорошо, что не заметила, потому что, увидев реакцию Тикако, наверняка сказала бы что-то еще и только усугубила ситуацию.

— Вы бы лучше поиграли с Нана.

О, отличный ход, Норико! Здорово ты перевела стрелки на меня. Я подошел к Тикако и потерся боком о ее ногу.

— Привет, Нана! Нам правда очень хотелось взять тебя к себе.

— Вот как? — удивился Коскэ. — Сатору и вам устроил свидание с Нана?

— Да, — подтвердила Тикако с широкой улыбкой, а Суги лишь сухо улыбнулся. — Но Нана не поладил с нашим псом, поэтому ничего не вышло.

— А у меня Нана повздорил с котенком, — вставил Ёсиминэ.

Ледок отчуждения треснул, и все вдруг принялись бурно обсуждать мое поведение.

— У Нана непростой характер, — заявил вдруг Коскэ.

Ага, тебя забыли спросить! Неужели?! А кто у нас ссорится с женой, а потом распускает нюни? А?

Похоже, Коскэ с женой все-таки завели свою кошку. Коскэ уже несколько раз подсвечивал на телефоне фотографии и с гордостью подсовывал их всем под нос — действительно очень красивая светло-серая кошечка в черную полоску и с пятнышками.

Да, ты друг детства Сатору, но и только, и не пытайся даже походить на него.

Тут и Ёсиминэ вытащил свой телефон: «Тогда я тоже покажу!»

Ёсиминэ, и ты туда же?!!

Котенок с глупым именем Чатран вырос в мужественного молодого кота. Похоже, он теперь дока по ловле мышей, возможно, моя наука пошла ему впрок.

— Мияваки видел его, пожалуй, надо показать это фото и ему...

Ёсиминэ встал и направился к алтарю, поставленному в углу комнаты в память о Сатору.

— Если бы я знала, что мы тут будем хвастаться своими любимцами, я б захватила фотоальбом, — заметила Тикако. Но она и без альбома не отстала от других. Тикако и Суги оба достали мобильники и стали показывать фотографии Момо и Торамару.

— У нас небольшая гостиница, где можно останавливаться с домашними животными, так что милости просим! В любое время! — Суги достал визитные карточки.

Все обменялись адресами.

Ты слышишь, Сатору? Тебя уже нет, а люди, которых ты любил, начинают общаться друг с другом уже после твоей смерти.

— Тетушка, может, и вы возьмете визитку? — Суги протянул Норико визитку, когда та внесла в комнату суси.

Да-да, непременно вручи ей визитку, — подумал я. — Так хочется еще раз полежать на том стареньком телевизоре, похожем на ящик... Когда-нибудь.

— Благодарю. Давненько не совершала восхождения на Фудзи-сан, это было бы просто чудесно!

Ну, на Фудзи ты сама восходи, Норико. А я останусь караулить гостиницу Суги, на этом сказочном телевизоре.

Друзья моего хозяина расселись вокруг стола, и начались бесконечные рассказы о Сатору, как будто все только и ждали этого момента.

— Как? В средней школе Сатору не ходил в клуб по плаванию? — удивленно захлопал глазами Коскэ.

— Нет, не ходил. Мы вместе занимались в садоводческом кружке. А что, он так хорошо плавал? — спросил Ёсиминэ.

— Всю начальную школу Сатору ходил в бассейн. Занимал первые места на очень престижных соревнованиях, подавал большие надежды. Что, и в старшей школе тоже не плавал?

Суги с Тикако покачали головой:

— У него было много друзей, но он не занимался ни в каких секциях или клубах.

— Странно... У него были такие способности. Почему он забросил плавание?

Норико протянула мне кусочек тунца, очистив его от васаби.

— Наверное, потому, что без тебя ему было это не в радость, Коскэ-сан, — словно невзначай заметила Норико.

Эй, Норико, что это с тобой такое? Обычно ты говоришь невпопад, а тут прямо в точку. Коскэ даже в лице изменился.

— Когда он писал вам письма, он много рассказывал мне о вас, обо всех. Как вы с ним, Коскэ-сан, сбежали из дома вместе с котенком. Он волновался, как у тебя дела после ссоры с женой.

Норико, замолчи! Вот этого как раз не следовало говорить.

— У нас сейчас все хорошо, — торопливо ответил Коскэ.

— И про тебя, Ёсиминэ... как он был счастлив, трудясь с тобой и твоей бабушкой в поле и на огороде, и как ты мог выйти из класса посреди урока, чтобы открыть теплицу. Сатору очень тревожился за тебя.

Ёсиминэ с задумчиво-грустным видом устремил взгляд куда-то вдаль.

— И еще он говорил, как Суги-сан и Тикако-сан любят животных. И что вы — замечательная пара, он был безмерно счастлив встретить вас обоих в университете.

У Суги болезненно исказилось лицо, а у Тикако навернулись на глаза слезы.

— Но почему... Почему Сатору не сказал нам, что он так болен? — удрученно произнес Суги.

Эй, приятель, остановись. Не следует произносить вслух то, что нельзя говорить. Ну ты, Суги, верен себе... Ты и в самом деле не понимаешь?

— Я, кажется, знаю, — нарушил молчание Ёсиминэ.

Ёсиминэ, я всегда говорил, ты отличный мужик, был бы котом, отбоя не знал бы от кошек!

— Сатору хотел попрощаться с нами с улыбкой...

Браво!

Потому что Сатору любил всех вас! Любил, любил, любил...

И хотел забрать с собой ваши улыбки.

Неужели не ясно?

— ...А эти письма... — В голосе Коскэ слышались слезы, но он улыбался. — Он писал только о хорошем, о смешном. Какие-то дурацкие шуточки, приколы... Я просто хохотал, когда читал. Я читал его письмо, зная, что оно *последнее*, — и все равно смеялся.

Все дружно хихикнули.

Интересно, что ты им там написал, Сатору? Пожалуй, в предсмертном письме не обязательно валять дурака.

— Он благодарил нас... в этом весь Мияваки, — закусив губу, пробормотала Тикако.

Они предавались воспоминаниям до самого отъезда, когда настала пора отправляться в аэропорт.

Норико подвезла их в серебристом фургончике. После того как Сатору отбыл в последнее странствие, на серебристом фургончике стала ездить Норико. Только теперь это была не та волшебная колесница, которая подарила нам с Сатору столько чудес... просто средство передвижения, везет куда надо.

Ну ладно, пока не вернулась Норико, нужно провернуть одно дельце.

Норико приехала домой уже затемно. Когда она вошла в гостиную, раздался возмущенный крик:

— Нана! Ты *ОПЯТЬ* это сделал?

Я вытащил из коробки с салфетками все-все до единой салфеточки и теперь сидел, любуясь плодами своего труда.

— Ты же ими не пользуешься... зачем ты это делаешь?

Отлично! Давай, кипи от возмущения, сосредоточься на уборке — и у тебя не останется времени думать о грустном, о том, что все покинули нас. Плохие мысли сразу выветрятся из головы.

— Какой кошмар, ты меня разоришь! Столько бумаги зря извел! — бормотала Норико, подбирая растерзанные клочья салфеток, а потом вдруг выдохнула и рассмеялась. — Нана!

Что такое?

— А Сатору все же *был* счастлив!

Норико, а до тебя что, не дошло — сразу после его последнего вздоха? Ты о чем сейчас? Сатору там, на небесах, наверное, улыбается. Не иначе.

* * *

Прошло несколько лет.

Коскэ превратил свою маленькую студию в роскошное фотоателье, специализирующееся на съемках домашних любимцев. Поскольку идея принадлежала Сатору, то для меня съемки были бесплатными, Коскэ не раз приглашал нас, однако, когда на каждый Новый год нам стали приходить открытки с разодетой в пух и прах, в костюмах для косплея кошечки Коскэ, восседавшей с неизменно капризно-надутым видом, я для себя решил, что, пожалуй, воздержусь. Нет уж, спасибо.

Ёсиминэ регулярно присылал нам посылки с выращенными на его огороде овощами. В посылку всегда было вложено короткое послание: «Я знаю, что на Хоккайдо тоже много вкусных овощей». Присланного всякий раз было столько, что Норико было не под силу съесть все это самой, поэтому она бегала по друзьям и знакомым, раздавая гостинцы.

Однажды Норико взяла меня с собой в гости к чете Суги. На самом деле целью ее было совершить восхождение на гору Фудзи, оставив меня на попечение Суги и Тикако. Пока я ждал ее возвращения, успел вдоволь понежиться на похожем на ящик телевизоре.

Момо превратилась в изысканную старую леди, а психованный Торамару стал вполне вменяемым псом. Он даже принес извинения за свое тогдашнее поведение и выразил соболезнования по поводу смерти Сатору.

Ах да, чуть не забыл! У супругов Суги родилась девочка. Это была очень разумная и серьезная девчушка, которая вежливо приветствовала Норико: «Добро пожаловать, бабушка!», отчего Норико аж в лице переменилась.

В этом году ягоды на рябинах, растущих вдоль улиц, снова ярко-алые. И очень скоро снег надолго укроет землю.

Интересно, сколько уже лет я вижу эти алые ягоды, которые впервые показал мне Сатору?..

* * *

Однажды Норико заявилась домой с нежданным гостем.

— Что будем делать, Нана?

Из картонной коробки, которую она держала в руках, раздавались истошные вопли, похожие на вой сирены. В коробке оказался трехцветный котенок. Не просто пятнистый, как мы с Хати, а настоящий трехцветный. А потому, естественно, это была самочка.

— Кто-то подкинул ее прямо к нашему порогу, и я подумала, раз у меня дома уже живешь ты, Нана...

Я обнюхал завывающую «сирену» и нежно лизнул ее под подбородком.

Добро пожаловать! Ты — моя смена, да?

— Мы только что от ветеринара. Нана, вы с ней поладите?

Норико, оставь эти пустые разговоры, лучше покорми ее побыстрей молоком, она, похоже, очень голодная.

Я забрался в коробку и прижался к котенку, чтобы согреть его. Котенок тотчас же начал искать на моем пузе соски. Прости, малышка, там нет молока.

— Ой-ой, она кушать хочет! В ветлечебнице я купила молока, сейчас подогрею.

Так для Норико началась новая жизнь, в которой ей приходилось постоянно крутиться вокруг котенка, требовавшего забот...

* * *

Лиловое и желтое, прямо как наводнение...

Поле, заросшее цветами, которое я видел в нашем последнем путешествии, простирается до самого горизонта.

Когда мне снятся сны такого цвета, непременно приходит Сатору.

«Привет, Нана! Как поживаешь? Что-то у тебя усталый вид.»

Устанешь тут. У Суги Момо умерла уже несколько лет назад. Я вряд ли столько же протяну. И мы как раз завели новую кошечку, мне на смену.

«Тетушка Норико как, здорова?»

Да она прямо помолодела.

Норико назвала котенка Микэ[1], поскольку она трехцветная. Когда дело доходит до имен, вы с Норико выбираете то, что первым на ум приходит. Хоть вы и не кровные родственники, но все-таки два сапога пара.

«Вот как? Тетушка подобрала уличного котенка? Немыслимо...»

Сатору потрясен.

Удивительно, но Норико становится убежденной кошатницей. Когда она покупает суси, то непременно отдает мне самые вкусные ломтики тунца — торо[2].

«Даже я бы подумал, прежде чем отдать тебе *торо*», — смеется Сатору.

Для тетушки это ее первая кошка, собственная.

«Верно».

Мы живем вместе с Норико, но я не ее кот.

Я только твой кот, Сатору, — во веки веков... Поэтому я не могу стать котом Норико.

«Значит, ты скоро, возможно, тоже придешь сюда?»

---

[1] *Микэ* — от японского «микэнэко» — трехцветная кошка.
[2] *Торо* — жирная часть тунца на брюшке, используемая для приготовления суси.

Да, но мне сначала нужно закончить одно дельце.

Сатору смотрит на меня озадаченно.

Гм, — говорю я и тереблю себя за усы.

Я должен помочь маленькой Микэ, я должен научить ее жить. Норико совершенно разбаловала ее.

Если Норико испортит Микэ, а она вдруг волей судьбы окажется на улице, то все, ей конец. Я должен вдолбить в ее голову хотя бы азы охоты.

Когда я беру ее зубами за шкирку, задние ноги у нее мгновенно взлетают вверх, — значит, у нее хорошие задатки. Гораздо лучше, чем были у Чатрана, кота Ёсиминэ. Как только Микэ выучится самостоятельности, думаю, я смогу отправиться в свое последнее странствие. В то самое место, которое я пока вижу только во снах...

Скажи мне, Сатору, что там — за этим полем? Наверное, куча всяких чудес? Мы когда-нибудь сможем с тобой снова отправиться странствовать вместе?

Сатору улыбается. Берет меня на руки, чтобы я мог видеть далекий горизонт на уровне его глаз.

О-о-о, мы с тобой действительно видели столько чудесных вещей!

Город, где вырос Сатору.

И поля, где шелестят зеленые колосья.

И грозно ревущее море.

И Фудзи, нависающую темной громадой.

И старомодный, похожий на ящик телевизор, на котором так приятно лежать.

И милую пожилую кошечку Момо.

И дерзкого пса Торамару, полосатого, словно тигр.

И огромный белый паром, набивающий брюхо машинами.

И виляющих хвостом собак в каюте для животных.

И эту вредную кошку-шиншиллу, пожелавшую мне «Good luck!».

Бескрайние просторы Хоккайдо.

Желто-лиловые цветы, буйно растущие на обочине дороги.

Безбрежную равнину колышущегося сусуки, похожую на волнующееся море.

Лошадей, щиплющих траву.

Алые гроздья рябины.

И все оттенки красного — их показал мне Сатору.

Свечи тонких белых берез.

Кладбище, открытое всем ветрам.

Букет разноцветных, как радуга, цветов на могиле.

Белый зад оленя, с рисунком в форме сердечка.

И огромную двойную радугу, вырастающую из земли, словно арка...

Но прежде всего — улыбающиеся лица дорогих нам людей...

ПОСЛЕДНЯЯ ХРОНИКА

Моя история скоро подойдет к концу.

Но в этом нет ничего печального.

Когда мы припомним все, что было с нами за время нашего странствия, мы отправимся в новое путешествие.

Вспоминая тех, кто ушел раньше нас. Думая о тех, кто придет вслед за нами.

И может, однажды, когда-нибудь, мы вновь встретим всех, кого так любили, — там, за линией горизонта.

ОГЛАВЛЕНИЕ

ПРОЛОГ
Наша жизнь до первого странствия 5

ХРОНИКА ПЕРВАЯ
Коскэ.. 21

ХРОНИКА ВТОРАЯ
Ёсиминэ..................................... 77

ХРОНИКА ТРЕТЬЯ
Суги и Тикако 139

ХРОНИКА ТРЕТЬЯ С ПОЛОВИНОЙ
Последнее странствие....................... 201

ХРОНИКА ЧЕТВЕРТАЯ
Норико...................................... 237

ПОСЛЕДНЯЯ ХРОНИКА 297

Арикава Х.
А 81 Хроники странствующего кота : роман / Хиро Арикава ; пер. с яп. Г. Дуткиной. — СПб. : Азбука, Азбука-Аттикус, 2022. — 320 с. — (Азбука-бестселлер).
ISBN 978-5-389-16127-6

«Хроники странствующего кота» — бестселлер Хиро Арикавы, покоривший сердца миллионов читателей по всему миру.

Это трогательная история дружбы кота со «счастливым» именем Нана, что означает по-японски «семь», и его хозяина Сатору. Вместе с тем это роман-путешествие, в котором герои перемещаются как в пространстве, так и во времени: Нана открывает для себя безбрежные морские просторы и красоту горы Фудзи, а Сатору как будто заново переживает события детства и юности.

На первый взгляд кот Нана, выступающий в роли рассказчика, реалист и прагматик до мозга костей, со своей, сугубо кошачьей, философией жизни. Однако ему удается так глубоко проникнуть во внутренний мир своего хозяина, что иногда он понимает его лучше его самого. Кто же они друг для друга? Зачем Сатору раз за разом отправляется в путь, прихватив с собой любимого кота?..

УДК 821.521
ББК 84(5Япо)-44

Литературно-художественное издание

ХИРО АРИКАВА

ХРОНИКИ СТРАНСТВУЮЩЕГО КОТА

Редактор Ольга Миклухо-Маклай
Художественный редактор Виктория Манацкова
Технический редактор Татьяна Раткевич
Компьютерная верстка Михаила Львова
Корректоры Елена Терскова, Лариса Ершова

Главный редактор Александр Жикаренцев

Подписано в печать 29.12.2021. Формат издания 84 × 100 $^1/_{32}$.
Печать офсетная. Тираж 4000 экз. Усл. печ. л. 15,6.
Заказ № 0129/22.

Знак информационной продукции
(Федеральный закон № 436-ФЗ от 29.12.2010 г.): 16+

ООО «Издательская Группа „Азбука-Аттикус"» —
обладатель товарного знака АЗБУКА®
115093, г. Москва, ул. Павловская, д. 7, эт. 2, пом. III, ком. № 1

Филиал ООО «Издательская Группа „Азбука-Аттикус"»
в Санкт-Петербурге
191123, г. Санкт-Петербург, Воскресенская наб., д. 12, лит. А

ЧП «Издательство „Махаон-Украина"»
Тел./факс: (044) 490-99-01. E-mail: sale@machaon.kiev.ua

Отпечатано в соответствии с предоставленными материалами
в ООО «ИПК Парето-Принт».
170546, Тверская область, Промышленная зона Боровлево-1,
комплекс № 3А.
www.pareto-print.ru

В состав Издательской Группы
входят известнейшие российские издательства:
«Азбука», «Махаон», «Иностранка», «КоЛибри».

Наши книги — это русская и зарубежная классика,
современная отечественная и персводная
художественная литература, детективы, фэнтези,
фантастика, non-fiction, художественные
и развивающие книги для детей,
иллюстрированные энциклопедии по всем отраслям
знаний, историко-биографические издания.

Узнать подробнее о наших сериях и новинках
вы можете на сайте

www.atticus-group.ru

Здесь же вы можете прочесть отрывки из новых книг,
узнать о различных мероприятиях и акциях,
а также заказать наши книги через интернет-магазины.

ПО ВОПРОСАМ РАСПРОСТРАНЕНИЯ ОБРАЩАЙТЕСЬ:

В МОСКВЕ

ООО «Издательская Группа „Азбука-Аттикус"»

Тел.: (495) 933-76-01,
факс: (495) 933-76-19

e-mail: sales@atticus-group.ru;
info@azbooka-m.ru

В САНКТ-ПЕТЕРБУРГЕ

Филиал ООО «Издательская Группа „Азбука-Аттикус"»

Тел.: (812) 327-04-55,
факс: (812) 327-01-60

e-mail: trade@azbooka.spb.ru

В КИЕВЕ

ЧП «Издательство „Махаон-Украина"»

Тел./факс: (044) 490-99-01

e-mail: sale@machaon.kiev.ua

Информация о новинках и планах на сайтах:

www.azbooka.ru
www.atticus-group.ru

Информация по вопросам приема рукописей
и творческого сотрудничества
размещена по адресу:
www.azbooka.ru/new_authors/